O ENIGMA DO CORONEL

HAYTER

E OUTRAS AVENTURAS

Arthur

Conan Doyle

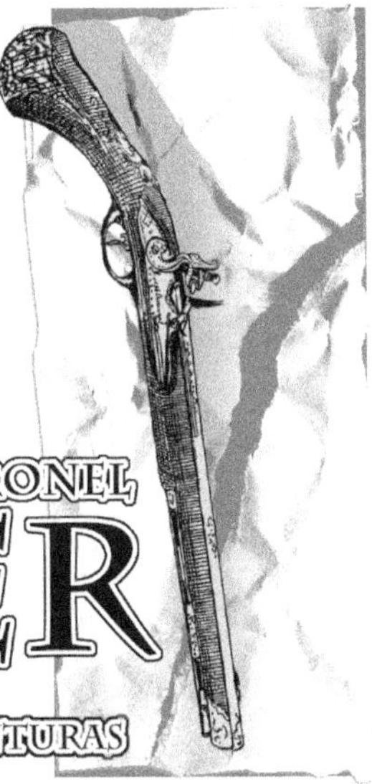

O ENIGMA DO CORONEL

HAYTER

E OUTRAS AVENTURAS

Tradução de Antonio Carlos Vilela

MELHORAMENTOS

Editora Melhoramentos

Doyle, Arthur Conan
O enigma do coronel Hayter e outras aventuras / Arthur Conan Doyle; tradução Antonio Carlos Vilela. 2.ed. São Paulo: Editora Melhoramentos, 2013. (Sherlock Holmes)

Título original: *The adventures of Sherlock Holmes...*
ISBN 978-85-06-07173-1

1. Literatura juvenil. 2. Ficção policial. I. Vilela, Antonio Carlos. II. Título. III. Série .

13/091 CDD 869.8

Índices para catalogo sistemático:
1. Literatura juvenil em português 869.8
2. Literatura juvenil 809.8
3. Ficção policial - Literatura inglesa 820

Edição revisada conforme o Acordo Ortográfico da Língua Portuguesa

Título original em inglês: *The Adventures of Sherlock Holmes*
Tradução: Antonio Carlos Vilela
Ilustrações: NW Studios
Capa (Projeto Gráfico): Rex Design

2.ª edição, 2.ª impressão, fevereiro de 2020
ISBN: 978-85-06-07173-1

Atendimento ao consumidor:
Caixa Postal: 729 – CEP 01031-970
São Paulo – SP – Brasil
Tel.: (11) 3874-0880
www.editoramelhoramentos.com.br
sac@melhoramentos.com.br

Impresso no Brasil

ÍNDICE

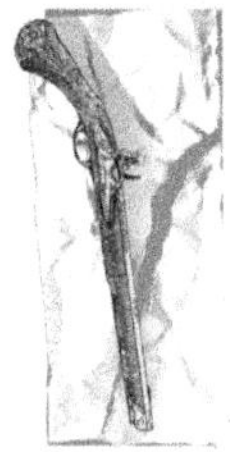

O Estrela de Prata

– Receio, Watson, que terei de ir – disse Holmes quando estávamos à mesa do café da manhã.

– Ir! Aonde?

– Dartmoor; King's Pyland.

Não fiquei surpreso. Na verdade, eu até me perguntava por que ele ainda não fora envolvido nesse caso extraordinário, assunto das conversas em toda a Inglaterra. Durante um dia inteiro meu amigo perambulou pela sala com a cabeça baixa e a testa franzida, carregando e recarregando seu cachimbo com o fumo mais forte de que dispunha e permanecendo absolutamente surdo ao que eu perguntava e dizia. As novas edições de cada jornal foram enviadas por nosso jornaleiro, apenas para serem rapidamente olhadas e postas de lado. Ainda assim, mergulhado em seu silêncio, eu sabia o que estava fazendo Sherlock Holmes refletir dessa forma. Havia somente um problema público que poderia estar desafiando tanto sua capacidade analítica: o desaparecimento do cavalo favorito para a Copa Wessex junto com o trágico assassinato de seu treinador. Portanto, quando ele anunciou sua intenção de ir para o local do crime, isso era o que eu esperava e até desejava.

– Gostaria muito de ir com você, se não o atrapalhar – eu disse.

– Meu caro Watson, você me faria um grande favor se viesse. Acredito que não irá desperdiçar seu tempo, pois esse caso tem diversos aspectos que prometem torná-lo incomparável. Acho que estamos em cima da hora para pegar o trem em Paddington. Assim, vamos nos aprofundar no assunto durante a viagem. Faça o favor de levar seu excelente binóculo de campanha.

Foi assim que, cerca de uma hora depois, eu estava num vagão de primeira classe, a caminho de Exeter, acompanhando Sherlock Holmes. Ansioso e concentrado, vestindo um boné de abas largas para proteger as orelhas, mergulhou nos novos jornais adquiridos em Paddington. Fazia tempo que passáramos por Reading quando ele jogou o último jornal sob o banco e me ofereceu um charuto.

– Estamos indo bem – disse, olhando pela janela e consultando o relógio. – Nossa velocidade, no momento, é de oitenta e cinco quilômetros por hora.

– Não vi os postes de marcação – eu disse.

– Eu também não. Mas os postes telegráficos ficam a intervalos de sessenta metros, nesta linha, e o cálculo é simples. Acredito que você está ciente das notícias sobre o assassinato de John Straker e o desaparecimento do Estrela de Prata.

– Li as matérias do *Telegraph* e do *Chronicle*.

– Este é um daqueles casos em que o raciocínio deve ser usado para peneirar detalhes em vez de adquirir novas evidências. Essa tragédia foi tão incomum e total, com tanta importância para tantas pessoas, que estaremos sob influência de uma multidão de conjecturas, suposições e hipóteses. A dificuldade estará em separar os fatos, absolutos e inegáveis, das divagações de teóricos e repórteres. Então, quando tivermos estabelecido essa base sólida, nossa tarefa será ver quais inferências podem ser tiradas e quais os pontos principais desse mistério. Na terça à noite recebi um telegrama do Coronel Ross, proprietário do cavalo, e outro do Inspetor Gregory, responsável pelo caso, ambos pedindo minha cooperação.

– Terça à noite! – exclamei. – E estamos na manhã de quinta. Por que não foi ontem mesmo?

– Porque fiz uma besteira, meu caro Watson, o que me acontece mais normalmente do que poderia supor alguém que só me conhece pelos casos que você escreve. A verdade é que eu não acreditei ser possível que o cavalo mais famoso da Inglaterra pudesse permanecer muito tempo escondido, ainda mais num lugar tão pouco habitado como Dartmoor. Fiquei o dia de ontem esperando, a qualquer minuto, chegarem notícias sobre o animal, que ele fora localizado e que seu sequestrador assassinara John Straker. Contudo, quando mais um dia se passou e vi que, depois de prenderem o jovem Fitzroy Simpson, nada mais fizeram, percebi ser a hora de entrar em ação. De qualquer modo, acho que não desperdicei o dia de ontem.

– Então já tem uma teoria?

– Pelo menos conheço os fatos principais do caso. Vou enumerá-los para você, pois nada esclarece mais uma situação do que expô-la para outra pessoa. Também não posso esperar sua cooperação se não lhe mostrar em que pé estamos.

Recostei-me no assento, dando baforadas no charuto, enquanto Holmes, projetando-se para a frente, gesticulava com seus dedos longos enquanto me expunha os fatos que nos colocaram naquele trem.

– Estrela de Prata – ele começou – descende de Isonomy e tem um currículo tão brilhante quanto o de seu ancestral. Está agora em seu quinto ano e tem ganhado todos os prêmios do turfe para o Coronel Ross, seu feliz proprietário. Até acontecer essa catástrofe, ele era o favorito para a Copa Wessex, pagando *um para três* nas apostas. Ele sempre foi o preferido do público, de forma que, mesmo com essa proporção, enormes quantias de dinheiro foram apostadas nele. Portanto, é óbvio que existem muitas pessoas com fortes interesses para evitar que Estrela de Prata esteja no prado na próxima terça-feira.

"É claro que isso não foi negligenciado em King's Pyland, onde fica o campo de treinos do coronel. Tomaram-se todas as precauções para guardar o favorito. O treinador, John Straker, é um jóquei aposentado, que cavalgou para o Coronel Ross antes de se tornar pesado demais. Ele serviu ao coronel por cinco anos como jóquei e sete como treinador, sempre demonstrando ser um funcionário fiel e zeloso. Straker tinha apenas três rapazes como auxiliares, pois o haras é pequeno, contando apenas com quatro cavalos. Todas as noites, um desses rapazes monta guarda em frente ao estábulo, enquanto os outros dormem no andar de cima. Todos têm excelente caráter. John Straker, que era casado, morava numa casinha a cerca de duzentos metros dos estábulos. Não tinha filhos, vivia confortavelmente e empregava uma criada. A região é bastante desolada, mas, a uns oitocentos metros ao norte, há um amontoado de casinhas, que foram construídas por um empreiteiro de Tavistock para serem usadas por doentes que queiram desfrutar do ar puro de Dartmoor. Tavistock fica três quilômetros a oeste, enquanto, também a três quilômetros, através do pântano, fica o grande campo de treinamento de Mapleton, pertencente a Lorde Backwater e gerenciado por Silas Brown. Em todas as outras direções o pântano é completamente deserto, habitado apenas por alguns ciganos nômades. Essa era a situação na noite de segunda-feira, quando a catástrofe aconteceu.

"Naquela noite os cavalos foram exercitados e tratados como de costume, sendo que os estábulos foram fechados às nove horas. Dois dos auxiliares foram até a casa do treinador, onde jantaram na cozinha, enquanto o terceiro, Ned Hunter, ficou de guarda. Alguns minutos depois das nove Edith Baxter, a criada, levou para o rapaz seu jantar, que consistia de cozido de carneiro ao *curry*. Ela não levou nada de beber, pois há uma torneira no estábulo e a regra é que quem estiver de guarda não pode tomar nada além de água. A empregada levava uma lanterna, pois estava muito escuro e o caminho passava pelo pântano.

"Edith Baxter estava a trinta metros do estábulo quando um homem surgiu das sombras e mandou-lhe parar. Quando ele entrou na frente da lanterna ela pôde reparar que ele se vestia como um cavalheiro, usando terno cinza de *tweed* e chapéu de tecido. Usava polainas e carregava uma bengala pesada com castão. Contudo o que a impressionou foi sua extrema palidez e seu nervosismo. Ela calculou que a idade do estranho seria mais de trinta.

" 'Pode me dizer onde estou?', ele perguntou. 'Já tinha me decidido a dormir no pântano quando vi a luz de sua lanterna.'

" 'Está perto dos estábulos de King's Pyland', ela respondeu.

" 'Oh, que bom! Que sorte a minha!', ele exclamou. 'Sei que um empregado dorme lá sozinho, todas as noites. Talvez esse seja o jantar dele que está levando. Acho que você não se importaria de ganhar um vestido novo, se importaria?' Ele pegou no bolso um pedaço de papel, dobrado. 'Faça com que o rapaz receba isto hoje e você poderá comprar o vestido mais bonito que existe.'

"Ela se assustou com o jeito ansioso do homem e continuou andando, chegando até a janela por onde costumava entregar as refeições. Ela já estava aberta e Hunter aguardava sentado à mesa, lá dentro. Edith Baxter apenas começara a lhe contar sobre o que acontecera, quando o estranho apareceu novamente.

" 'Boa noite', ele disse, olhando pela janela. 'Gostaria de conversar com você.' A garota jura que, enquanto ele falava, ela viu um pedaço de papel aparecendo em sua mão fechada.

" 'O que o senhor quer aqui?', perguntou o rapaz.

" 'Um assunto que pode lhe render algo', disse o estranho. 'Vocês têm dois cavalos inscritos na Copa Wessex – Estrela de Prata e Bayard. Dê a dica e você ganha o seu. É verdade que Bayard pode ganhar folgado do outro, e que o estábulo apostou nele?'

" 'Então você é um desses malditos espiões!', gritou o rapaz. 'Vou lhe mostrar como vocês são tratados em King's Pyland!' Ele se ergueu e correu pelo estábulo para soltar o cachorro. A garota correu para casa e, no caminho, olhou para trás, vendo o estranho se projetar pela janela. Um minuto depois, contudo, quando Hunter voltou com o cão, ele já tinha ido e, embora o rapaz rondasse os estábulos com o animal, não encontrou nenhum rastro do intruso."

– Um minuto – eu interrompi. – O cavalariço, quando saiu com o cão, deixou a porta destrancada atrás de si?

– Excelente, Watson, excelente! – disse meu amigo. – Esse ponto me pareceu tão crucial que telegrafei ontem a Dartmoor só para esclarecê-lo. O rapaz trancou a porta atrás de si. Devo acrescentar que a janela não é grande o suficiente para permitir a entrada de um homem.

"Hunter esperou até que seus colegas voltassem para mandar uma mensagem ao treinador dizendo o que acontecera. Straker ficou agitado ao ouvir o relato, embora pareça não ter compreendido o que realmente significava. Contudo aquilo o incomodou, e a Sra. Straker, tendo acordado à uma da manhã, encontrou o marido se vestindo. Este lhe falou que não conseguia dormir por causa da preocupação com os cavalos e que pretendia ir até o estábulo para ver se estava tudo bem. Ela lhe pediu para ficar em casa, pois chovia forte. Apesar dos pedidos da mulher, ele vestiu sua capa e saiu.

"A Sra. Straker acordou às sete da manhã e viu que seu marido não voltara. Vestiu-se rapidamente, chamou a empregada e foi para o estábulo. A porta estava aberta. Dentro, encolhido numa cadeira, Hunter estava em estado de absoluto torpor e a baia do favorito encontrava-se vazia.

"Os dois rapazes que dormiam no quarto acima da selaria logo acordaram. Nada ouviram durante a noite, pois ambos têm o sono pesado. Obviamente, Hunter estava sob efeito de alguma droga poderosa e, como não se conseguia nada com ele, deixaram-no dormindo enquanto os dois rapazes e as duas mulheres saíram para procurar o treinador. Ainda havia a esperança de que Straker tivesse levado o cavalo para algum exercício, mas, ao subirem a colina perto da casa, de onde os campos em redor eram visíveis, não só não viram qualquer sinal do cavalo como também perceberam que acontecera alguma tragédia.

"A cerca de quatrocentos metros do estábulo, o casaco de John Straker flutuava ao vento, enroscado num arbusto. Um pouco mais adiante havia uma depressão no pântano, onde foi encontrado o corpo do infeliz treinador. Sua cabeça fora estraçalhada por um golpe violento, dado com arma pesada. Exibia, também, um grande corte na coxa, infligido por instrumento muito afiado. Ficou claro, contudo, que Straker defendeu-se desesperadamente, pois tinha uma pequena faca na mão direita, suja de sangue até o cabo, enquanto sua mão esquerda segurava uma gravata de seda vermelha e preta, reconhecida pela empregada como sendo do estranho que ela encontrara no estábulo na noite anterior.

"Hunter, ao se recuperar, também identificou a gravata. Ele acredita que o estranho, enquanto estava junto à janela, colocou uma droga no seu cozido de carneiro, privando assim o estábulo de seu guarda.

"Quanto ao cavalo desaparecido, existiam evidências abundantes, no chão do buraco, de que ele estava ali durante a luta. Mas continua desaparecido desde aquela manhã, embora tenham oferecido uma

generosa recompensa e alertado os ciganos de Dartmoor. Finalmente, uma análise dos restos do jantar de Hunter mostrou que ele continha uma quantidade apreciável de ópio, enquanto as pessoas que comeram a mesma refeição na casa do treinador não sofreram qualquer mal.

"Esses são os principais fatos do caso, isentos de qualquer suposição. Agora vou recapitular o que a polícia já fez.

"O Inspetor Gregory, que foi designado para o caso, é um investigador muito competente. Se tivesse um pouco mais de imaginação, iria longe em sua profissão. Assim que chegou, prendeu o suspeito natural. Não foi difícil encontrá-lo, pois estava numa daquelas casinhas que mencionei. Seu nome é Fitzroy Simpson. Trata-se de um homem bem-nascido e educado, que torrou uma fortuna nas corridas e virou *bookmaker* em Londres. Ao se examinar seu livro de apostas, descobriu-se que ele apostara cinco mil libras contra o favorito.

"Ao ser preso declarou, voluntariamente, que viera a Dartmoor para obter informações sobre os cavalos de King's Pyland e também de Desborough, o segundo favorito, que fica sob os cuidados de Silas Brown, no estábulo Mapleton. Ele não tentou negar seu encontro com a empregada e com o rapaz, na noite anterior, mas declarou que não tinha intenções criminosas e desejava apenas obter informações em primeira mão. Quando lhe mostraram sua gravata, ficou muito pálido e não conseguiu explicar como fora parar na mão do homem assassinado. Suas roupas molhadas mostravam que estivera na chuva, durante a noite. Sua bengala, do tipo Penang Lawyer, reforçada com chumbo, poderia ser a arma que, com diversos golpes, destroçara a cabeça do treinador.

"Por outro lado, ele não apresentava nenhum ferimento, enquanto as condições da faca de Straker evidenciavam que pelo menos um de seus agressores deveria estar ferido. Esses são todos os fatos, Watson. Se você puder contribuir com alguma ideia, ficarei imensamente grato."

Ouvi com o maior interesse Holmes expor seu relatório, com a característica clareza de sempre. Embora eu conhecesse a maioria dos fatos, não tinha refletido suficientemente sobre eles até então, nem relacionado uns aos outros.

– Não seria possível – sugeri – que o corte em Straker tenha sido causado por sua própria faca, durante convulsões que se seguiram ao ferimento no cérebro?

– É mais do que possível; é provável – disse Holmes. – Nesse caso, um dos principais pontos a favor do acusado desaparece.

– Mesmo assim – eu disse –, não consigo entender a teoria da polícia.

– Receio que, qualquer que seja, haverá sérias objeções a ela – respondeu meu amigo. – A polícia acredita, eu imagino, que Fitzroy Simpson, tendo drogado o cavalariço e conseguido de alguma forma uma cópia da chave, abriu o estábulo e retirou o cavalo com a intenção de raptá-lo. Como as rédeas sumiram, acredita-se que Simpson as tenha colocado no animal. Então, tendo deixado a porta aberta, estava levando o cavalo pelo pântano quando foi encontrado pelo treinador. Seguiu-se uma luta, Simpson amassou o crânio do treinador com sua bengala e conseguiu se esquivar da faquinha que Straker usou para se defender. Em seguida, o ladrão levou o cavalo para algum esconderijo ou este escapou durante a luta e está vagueando pelo pântano. É assim que a polícia vê o caso. Embora pareça improvável, outras explicações são ainda piores. No entanto, vou colocar essa teoria à prova assim que chegarmos, e até lá acho que não podemos ir além.

A tarde já avançava quando chegamos à cidadezinha de Tavistock, localizada no centro do grande círculo formado por Dartmoor. Dois homens nos esperavam na estação. Um deles era alto, com barba e cabelo lembrando a juba de um leão e estranhos olhos azuis. O outro era mais baixo e alerta, e vestia elegante casaco e polainas. Usava, também, suíças e pincenê. Este era o Coronel Ross, conhecido esportista. O primeiro tratava-se do Inspetor Gregory, homem que rapidamente se destacou na polícia inglesa.

– Fico muito feliz que tenha vindo, Sr. Holmes – disse o coronel. – O inspetor aqui já fez tudo que se pode pensar, mas eu gostaria de revirar absolutamente todos os cantos do pântano para vingar o pobre Straker e recuperar meu cavalo.

– Alguma novidade? – perguntou Holmes.

– Sinto dizer que fizemos pouquíssimos progressos – disse o inspetor. – Temos uma carruagem aberta esperando por nós. Imagino que o senhor queira examinar a cena do crime antes que anoiteça. Portanto, é melhor conversarmos no caminho.

Logo depois estávamos todos sentados num carro confortável passando pelas ruas da velha cidade. O Inspetor Gregory tinha muito a dizer e derramou um dilúvio de informações sobre Holmes, que, de vez em quando, fazia algum comentário ou pergunta. O Coronel Ross permaneceu recostado, de braços cruzados e chapéu caído sobre os olhos. Eu escutava interessadíssimo a conversa entre os dois detetives. Gregory estava formulando sua teoria, praticamente a mesma que Holmes me expusera no trem.

– As evidências apontam, sem dúvida, para Fitzroy Simpson – disse o inspetor. – Particularmente, acredito mesmo que ele é culpado. Por outro lado, reconheço que as evidências são circunstanciais e que novas descobertas podem abalá-las.

– E quanto à faca de Straker?

– Estamos quase convencidos de que ele se machucou quando caiu.

– Meu amigo aqui, o Dr. Watson, expressou a mesma opinião durante nossa viagem. Se realmente foi assim, isso vai contra Simpson.

– Sem dúvida. Ele não tem nenhum ferimento. As evidências contra ele são muito fortes. Simpson tinha muito interesse no desaparecimento do favorito, é suspeito de ter drogado o rapaz, molhou-se durante a chuva, usava uma bengala poderosa e sua gravata apareceu na mão da vítima. Realmente acredito termos o bastante para irmos a julgamento.

– Um advogado esperto acabaria com essas provas – disse Holmes, balançando a cabeça. – Por que ele tirou o cavalo do estábulo? Se quisesse machucá-lo, poderia fazê-lo lá mesmo. Encontraram uma cópia da chave com ele? Quem lhe vendeu o ópio? Acima de tudo, como ele, um estranho na região, poderia esconder um cavalo? Ainda mais esse cavalo? Qual explicação ele deu para o papel que pediu à empregada para entregar ao cavalariço?

– Disse que era uma nota de dez libras. Encontraram uma com ele. As outras dificuldades que o senhor coloca, porém, não são tão formidáveis assim. Ele não é totalmente estranho à região. Já esteve em Tavistock duas vezes durante o verão. Provavelmente, trouxe o ópio de Londres. A chave, após ter sido usada, foi jogada fora. O cavalo pode estar no fundo de algum poço ou numa das minas abandonadas do pântano.

– O que Simpson disse sobre a gravata?

– Reconhece que é sua, mas disse que a perdera. Apareceu um novo elemento no caso que pode explicar como ele sumiu com o cavalo.

Holmes se aproximou do policial.

– Descobrimos indícios – continuou o inspetor – de que ciganos estiveram acampados, na segunda-feira à noite, a cerca de um quilômetro do local onde ocorreu o assassinato. Na terça já não estavam mais lá. Presumindo-se que houvesse algo entre Simpson e os ciganos, será que ele não estava levando o cavalo para eles quando foi surpreendido pelo treinador? E será que os ciganos não estão, agora, com o cavalo?

– É possível.

– Estamos vasculhando todo o pântano atrás dos ciganos. Também examinei cada estábulo e depósito em Tavistock num raio de quinze quilômetros.

– Há um outro centro de treinamento bem perto, pelo que entendi?

– Exato. Isso é algo que não podíamos ignorar. Como Desborough, o cavalo deles, era o segundo favorito, tinham um interesse óbvio no desaparecimento do Estrela de Prata. Sabe-se que Silas Brown, o treinador, apostou pesado na corrida e não se dava bem com o infeliz Straker. Investigamos o estábulo Mapleton, contudo, e não encontramos nada que pudesse ligá-lo ao crime.

– E não existe algo que possa ligar Simpson aos interesses do estábulo Mapleton?

– Não. Nada.

Holmes recostou-se no assento, e a conversa acabou. Alguns minutos depois, o cocheiro parou perto de uma casa de tijolos vermelhos. Um pouco além, depois de um *paddock*, havia uma comprida edificação cinzenta. Em todas as outras direções, estendia-se o pântano, com suas nuanças de cobre devido às samambaias envelhecidas, até a linha do horizonte, interrompido apenas pelas torres de Tavistock e por um aglomerado de casas a oeste, que marcavam a localização do estábulo Mapleton. Todos descemos da carruagem, à exceção de Holmes, que permaneceu recostado com os olhos fixos no céu, totalmente absorvido em suas reflexões. Somente quando lhe toquei no braço ele se levantou, subitamente, e saiu da carruagem.

– Perdão – ele disse, virando-se para o Coronel Ross, que o observava um pouco surpreso –, estava sonhando acordado.

Sherlock Holmes tinha um brilho nos olhos e uma agitação contida em seus movimentos que me convenceram, pois eu bem o conhecia, que ele descobrira alguma pista, embora eu não conseguisse imaginar qual fosse.

– Talvez queira ir imediatamente até a cena do crime, Sr. Holmes? – perguntou Gregory.

– Acho que prefiro ficar e fazer algumas perguntas. O corpo de Straker foi trazido de volta, eu imagino?

– Sim, está lá em cima. O exame do corpo será amanhã.

– Ele trabalha para o senhor há alguns anos, certo, Coronel Ross?

– Sempre o considerei um excelente funcionário.

– Fizeram uma relação do que ele tinha nos bolsos na hora da morte, inspetor?

– As coisas estão na sala de estar, se quiser vê-las.

– Quero, sim.

Entramos na casa e nos sentamos em volta da mesa, enquanto o inspetor abria uma caixa de metal e depositava seu conteúdo à nossa frente: uma caixa de fósforos, uma vela de cinco centímetros, um cachimbo A.D.P. de roseira brava, uma bolsa de pele de foca com um punhado de fumo Cavendish, um relógio de prata com correia de ouro, cinco soberanos[1] de ouro, um estojo de alumínio, alguns papéis e uma faca com cabo de marfim, de lâmina muito rígida e delicada, da marca Weiss and Co., Londres.

– Esta é uma faca muito peculiar – disse Holmes, pegando-a e examinando-a minuciosamente. – Presumo, pelas manchas de sangue, que era ela que estava na mão da vítima. Watson, acho que esta faca é um instrumento cirúrgico.

– É o que chamamos de bisturi de catarata – eu disse.

– Foi o que pensei. Uma lâmina muito delicada, normalmente empregada em trabalhos muito delicados. É uma coisa estranha para se usar numa situação de perigo, especialmente porque ficaria aberta no bolso.

– A ponta estava protegida por um disco de cortiça que foi encontrado ao lado do corpo – disse o inspetor. – Sua mulher nos contou que a faca ficou alguns dias sobre a cômoda e Straker a pegou ao sair do quarto. Não é grande coisa como arma, mas talvez fosse a única que ele encontrou naquele momento.

– Muito possivelmente. E esses papéis?

– Três deles são recibos de fornecedores de feno. Há uma carta com instruções do Coronel Ross e uma conta da butique de *Madame* Lesurier, na Rua Bond, para William Darbyshire. A Sra. Straker nos contou que Darbyshire era amigo de seu marido e que, eventualmente, sua correspondência era endereçada para cá.

– A Sra. Darbyshire tinha gostos dispendiosos – disse Holmes, olhando para a conta. – Vinte e dois guinéus é muito dinheiro por um vestido. Mas parece que não há mais nada para se ver por aqui. Podemos ir à cena do crime.

Ao sairmos da sala de estar, uma mulher, que estivera esperando no corredor, adiantou-se e segurou o braço do inspetor. Seu rosto estava encovado, torturado e ansioso, devido à tragédia recente.

– Já os pegou? O senhor os encontrou? – ela gemeu.

– Não, Sra. Straker. Mas o Sr. Holmes, aqui, veio de Londres para nos ajudar e faremos todo o possível.

– Acho que já nos conhecemos antes, num parque em Plymouth, há algum tempo, Sra. Straker – disse Holmes.

– Não, senhor. Está se confundindo.

---

[1] Soberano = moeda inglesa de ouro equivalente a vinte xelins (1 libra). Não é mais cunhada.

– Ora essa! Podia jurar. A senhora vestia um traje de seda cinzento, enfeitado com penas de avestruz.

– Nunca tive um vestido assim, meu senhor – ela respondeu.

– Ah, então está bem – disse Holmes, desculpando-se e seguindo o inspetor.

Após uma curta caminhada pelo pântano, chegamos à depressão onde o corpo fora encontrado. À sua borda estava o arbusto onde ficara pendurado o casaco do treinador.

– Pelo que sei – disse Holmes –, não ventava naquela noite.

– Não. Mas chovia muito.

– Nesse caso, o casaco não foi carregado pelo vento até o arbusto. Ele foi colocado ali.

– Exato. Estava por cima da moita.

– Hum, isso está ficando interessante. Vejo que o chão está todo pisoteado. Sem dúvida muitos pés passaram por aqui desde a noite de segunda.

– Colocamos uma esteira ao lado e todos pisamos sobre ela.

– Muito bem!

– Nesta sacola coloquei as botas que Straker usava, um dos sapatos de Fitzroy Simpson e uma ferradura perdida pelo Estrela de Prata.

– Meu caro inspetor, o senhor está se superando!

Holmes pegou a sacola e desceu até o fundo da depressão. Então ele centralizou a esteira e se deitou sobre ela, estudando cuidadosamente o solo pisoteado à sua frente.

– Opa! – exclamou, de repente. – O que é isto?

Era um palito de fósforo riscado, tão coberto de lama que parecia apenas uma lasquinha de madeira.

– Não sei como deixamos isso passar – disse o inspetor, parecendo incomodado.

– Estava invisível, enterrado na lama. Só o vi porque estava procurando por ele.

– Como? Esperava encontrá-lo?

– Não achei que isso fosse improvável.

Holmes pegou os calçados na sacola e comparou cada um com as marcas no solo. Depois ele foi até a borda da depressão e ficou engatinhando entre arbustos e samambaias.

– Temo que não existam outros rastos – disse o inspetor. – Já examinei o solo cuidadosamente num raio de cem metros.

– Muito bem! – disse Holmes, levantando-se. – Não terei a impertinência de fazê-lo novamente. Gostaria, porém, de dar uma caminhada pelo pântano antes que escureça, para reconhecer o terreno. Acho que vou colocar essa ferradura no bolso, para me dar sorte.

O Coronel Ross, que já demonstrara impaciência ao observar o método de trabalho de meu amigo, consultou o relógio.

– Gostaria que viesse comigo, inspetor – ele disse. – Preciso lhe pedir conselhos sobre diversos assuntos e, principalmente, se não devemos cancelar o registro de nosso cavalo na Copa, em respeito ao público.

– Claro que não – exclamou, decidido, Sherlock Holmes. – Deixe o registro como está.

O coronel fez uma reverência.

– Fico contente com sua opinião, Sr. Holmes – ele disse. – O senhor nos encontrará na casa do infeliz Straker quando terminar sua caminhada. Então poderemos voltar juntos a Tavistock.

Ele voltou com o inspetor enquanto eu e Holmes começamos a andar pelo pântano. O sol se punha atrás dos estábulos de Mapleton, tingindo de dourado a planície à nossa frente e acentuando os tons acobreados das samambaias. Entretanto, a beleza da paisagem era desperdiçada por meu amigo, imerso em suas reflexões.

– Por aqui, Watson – ele disse, afinal. – Precisamos deixar de lado, por um instante, a questão sobre quem matou John Straker. Vamos nos restringir a descobrir onde está o cavalo. Supondo-se que ele se soltou durante ou depois da tragédia, onde poderia ter ido? Cavalos são criaturas gregárias. Por sua conta, ele teria voltado a King's Pyland ou ido para Mapleton. Por que ficaria correndo pelo pântano? Já teria sido visto, se fosse esse o caso. E por que os ciganos o roubariam? Essas pessoas sempre desaparecem quando surge a polícia. E eles não podiam ter esperanças de vender o animal. Estariam correndo muito risco para não ganhar nada, ficando com o cavalo. Isso está claro.

– Onde ele está, então?

– Eu já disse que ele dever ter ido para King's Pyland ou Mapleton. Como não está em King's Pyland, só pode estar em Mapleton. Vamos assumir essa hipótese para começar. Essa parte do pântano é muito seca e dura, como disse o inspetor. Mas há um declive na direção de Mapleton e, como pode ver, há uma depressão lá adiante, que deve ter ficado muito úmida na segunda à noite. Se nossa suposição estiver correta, o animal passou por ali, que é onde devemos procurar sua pista.

Andamos rapidamente durante a conversa e, minutos depois, alcançamos a tal depressão. A pedido de Holmes, desci pela direita enquanto ele ia pela esquerda, mas não cheguei a andar cinquenta metros quando Holmes gritou e acenou para mim. Havia uma pegada de cavalo bem delineada no solo fofo à sua frente. A ferradura que ele tirou do bolso encaixava perfeitamente.

– Veja o valor da imaginação – disse Holmes. – É a qualidade que falta a Gregory. Imaginamos o que podia ter acontecido, agimos de acordo com a suposição e fomos recompensados. Continuemos.

Cruzamos o solo barrento e passamos por uns quatrocentos metros de turfa seca e dura. Em outra depressão voltamos a encontrar a trilha. Tornamos a perdê-la por oitocentos metros, mas a reencontramos muito perto de Mapleton. Foi Holmes quem a viu primeiro e a apontou para mim com um olhar triunfante. Havia nítidas pegadas de um homem ao lado das do cavalo.

– Antes o cavalo estava só! – exclamei.

– Exato. Estava só antes. Opa! O que é isto?

A trilha das pegadas fazia uma curva e seguia em direção a King's Pyland. Holmes assobiou e nós tomamos a nova direção. Ele estava com os olhos fixos nos rastos, mas eu dei uma olhada para o lado e vi, para minha surpresa, as mesmas pegadas voltando em sentido oposto.

– Ponto para você, Watson – disse Holmes, quando lhe chamei a atenção para o fato. – Você nos economizou uma longa caminhada. Vamos seguir a trilha de volta.

Não precisamos ir muito longe. As pegadas terminavam no asfalto que conduzia aos portões do estábulo Mapleton. Ao nos aproximar, um cavalariço saiu correndo de lá.

– Não queremos vagabundos por aqui – ele disse.

– Só quero fazer uma pergunta – disse Holmes, enfiando a mão no bolso. – Se eu aparecer amanhã, às cinco horas, seria muito cedo para encontrar seu chefe, o Sr. Silas Brown?

– Ora essa, meu senhor. Se alguém estiver de pé nesse horário é ele, que é sempre o primeiro a levantar. Lá vem ele para responder a suas perguntas. E por favor, guarde seu dinheiro, pois posso perder o emprego se ele me vir tocar nessa moeda. Depois vemos isso, se o senhor quiser.

Sherlock Holmes devolveu ao bolso o meio soberano ao mesmo tempo que um senhor de idade de aspecto violento saiu pelo portão brandindo um chicote.

– O que há, Dawson? – ele gritou. – Não quero fofoca! Vá cuidar das suas tarefas! E vocês... que diabos querem aqui?

– Dez minutos de prosa, meu amigo – disse Holmes, com a mais doce das vozes.

– Não tenho tempo para falar com todo folgado que me aparece! Não queremos estranhos por aqui. Caia fora ou coloco os cachorros nos seus calcanhares!

Holmes se inclinou para a frente e sussurrou alguma coisa no ouvido do treinador. Este tremeu e ficou todo vermelho.

– É mentira! – ele gritou. – Uma mentira grossa!

– Muito bem! Devemos discutir sobre isso em público ou lá dentro?

– Ah, entre, se quiser.

Holmes sorriu.

– Não vou deixá-lo esperando mais que alguns minutos, Watson – ele disse. – Agora, Sr. Brown, estou à sua disposição.

Passaram-se vinte minutos e os reflexos dourados do sol transformaram-se em tons cinzentos antes que Holmes e o treinador voltassem. Nunca vi mudança maior de atitude do que a de Silas Brown. Seu rosto estava branco como cera, com gotas de suor brilhando em sua testa enquanto as mãos tremiam fazendo o chicote balançar como um galho ao vento. Seu comportamento intimidante e valentão também desaparecera. Ele vinha timidamente ao lado do meu amigo, como um cachorro e seu dono.

– Suas ordens serão executadas. Será feito – ele disse.

– Não pode haver confusão – disse Holmes, olhando para ele. O outro tremeu, como se percebesse alguma ameaça nos olhos de Sherlock Holmes.

– Oh, não. Não haverá confusão. Estará lá. Devo fazer a mudança antes ou não?

Holmes pensou um pouco e depois começou a rir.

– Não, não precisa – ele disse. – Vou lhe escrever a respeito. Agora, sem truques, ou...

– Ah, pode confiar em mim, pode confiar em mim!

– É, acho que posso. Bem, vai receber notícias minhas amanhã – Holmes se virou, ignorando a mão trêmula que o outro lhe estendia, e partimos para King's Pyland.

– Acho que nunca encontrei mistura mais perfeita de fanfarronice, covardia e dissimulação do que em Silas Brown – ele comentou enquanto caminhávamos. – Ele tentou negar, mas eu descrevi tão perfeitamente suas ações naquela manhã que ele está convencido de que eu o estava observando, na ocasião. Obviamente, você observou o bico quadrado das pegadas. As botas de Silas Brown se encaixam perfeitamente nelas. É claro que nenhum empregado ousaria fazer algo assim. Descrevi-lhe como, de acordo com seus hábitos, ele foi o primeiro a acordar. Viu, então, um cavalo estranho à solta no pântano. Foi verificar do que se tratava e ficou estupefato ao reconhecer o Estrela de Prata pela mancha branca que lhe valeu o nome. A sorte colocara em suas mãos o único cavalo que poderia vencer aquele em que Brown apostou seu dinheiro. Então eu lhe descrevi como seu primeiro impulso fora devolvê-lo a King's Pyland, mas que o diabo soprou-lhe no ouvido que ele poderia esconder o animal até depois da corrida. Assim, ele escondeu Estrela de Prata em Mapleton. Quando lhe contei todos esses detalhes, ele se entregou e só pensa em salvar a própria pele.

– Mas a polícia procurou em Mapleton!

– Ah, um velho treinador como ele sabe disfarçar um cavalo e já enganou muita gente!

– E você não tem medo de deixar o cavalo em seu poder, sendo que ele tem todo o interesse em machucá-lo?

– Meu caro amigo, ele irá guardá-lo como sua menina dos olhos. Ele sabe que sua única esperança de misericórdia é entregar o animal em perfeitas condições.

– O Coronel Ross não me pareceu um homem disposto a mostrar misericórdia de modo algum.

– O assunto não está nas mãos do Coronel Ross. Sigo meus próprios métodos e vou contar só o que me interessa. Essa é a vantagem de ser um detetive particular. Não sei se você reparou, Watson, mas o coronel tem se mostrado um pouco arrogante para comigo. Agora quero me divertir um pouco à custa dele. Não lhe diga nada sobre o cavalo.

– Claro que não, sem sua permissão.

– É claro que essa é uma questão menor, comparada à quem matou John Straker.

– E você vai investigá-la?

– Pelo contrário. Vamos voltar a Londres pelo trem noturno.

Fiquei pasmo com as palavras de meu amigo. Estávamos havia poucas horas em Devonshire, e eu não conseguia aceitar que ele desistisse de uma investigação que começara tão bem. Não consegui lhe arrancar mais nada até chegarmos à casa do treinador. O coronel e o inspetor esperavam por nós na sala.

– Eu e meu amigo voltaremos a Londres pelo expresso da meia-noite – anunciou Holmes. – Renovamos os pulmões com o maravilhoso ar de Dartmoor.

O inspetor arregalou os olhos, e o coronel torceu a boca com desdém.

– Então o senhor desiste de capturar o assassino de Straker?

Holmes encolheu os ombros.

– Certamente existem muitas dificuldades – ele disse. – Mas tenho grandes esperanças de que seu cavalo estará na corrida de terça-feira, de modo que lhe aconselho a preparar o jóquei. Posso lhe pedir uma fotografia de John Straker?

O inspetor pegou uma de um envelope em seu bolso e a entregou a Holmes.

– Meu caro Gregory, o senhor antecipa todos os meus pensamentos. Posso lhes pedir que aguardem um instante? Gostaria de fazer uma pergunta à empregada.

– Devo dizer que estou muito desapontado com nosso consultor londrino – disse o Coronel Ross, quando meu amigo saiu da sala. – Acho que nada progredimos desde que ele chegou.

– Pelo menos tem a garantia dele de que o cavalo irá correr – eu disse.

– É, eu tenho a garantia – disse o coronel, dando de ombros. – Mas preferia ter o cavalo.

Eu estava para fazer algum comentário defendendo meu amigo quando ele entrou na sala.

– Bom, senhores. Estou pronto para voltar a Tavistock – ele disse.

Enquanto subíamos na carruagem, um dos cavalariços mantinha a porta aberta para nós. Pareceu-me que Holmes teve uma ideia repentina, pois ele se inclinou para a frente e segurou o jovem pelo braço.

– Vocês têm algumas ovelhas no *paddock* – disse Holmes. – Quem cuida delas?

– Eu mesmo.

– Reparou em algo de errado nelas, ultimamente?

– Bem, meu senhor, nada de muito grave, mas três delas estão coxeando.

Vi que Holmes ficou extremamente satisfeito, pois riu e esfregou as mãos.

– Na mosca, Watson! Na mosca – ele disse, me beliscando o braço. – Gregory, deixe-me recomendar-lhe que preste atenção nessa estranha epidemia entre as ovelhas. Vamos em frente, cocheiro!

O Coronel Ross continuava com uma expressão que demonstrava sua opinião desfavorável sobre a habilidade de meu amigo, mas vi, pelo rosto do inspetor, que sua atenção fora atraída.

– Considera isso importante? – ele perguntou.

– Extremamente – respondeu Holmes.

– Há alguma outra coisa para a qual queira me chamar a atenção?

– Sim, para a curiosa ação do cachorro naquela noite.

– O cachorro não fez nada.

– Isso é curioso – observou Sherlock Holmes.

Quatro dias depois, Holmes e eu fomos de trem até Winchester, para assistir às corridas da Copa Wessex. Conforme combinado, o

Coronel Ross nos esperava fora da estação e fomos em sua carruagem até o hipódromo, na periferia da cidade. Seu rosto estava muito sério e sua atitude era extremamente fria.

– Ainda não vi nenhum sinal do meu cavalo – ele disse.

– O senhor o reconheceria, se o visse? – perguntou Holmes.

O coronel ficou muito bravo.

– Estou no turfe há vinte anos e nunca me fizeram pergunta como essa! – ele disse. – Uma criança reconheceria Estrela de Prata, com a mancha branca na testa e a perna dianteira malhada.

– Como estão as apostas?

– Bem, isso é que é estranho. Ontem conseguia-se até quinze para um, mas as apostas caíram e hoje quase não se consegue três para um.

– Hum! – fez Holmes. – Alguém sabe de alguma coisa, é evidente!

A carruagem se aproximou do hipódromo e aproveitei para ler a placa com os inscritos:

TAÇA DE WESSEX. 50 soberanos por animal, com 1000 soberanos para os de quatro e cinco anos. Segundo, 300 libras. Terceiro, 300 libras. Pista nova (dois mil e seiscentos metros).

1. O Negro, do Sr. Heath Newton (boné vermelho, jaqueta marrom).

2. Pugilista, do Coronel Wardlaw (boné rosa, jaqueta preta e azul).

3. Desborough, do Lorde Backwater (boné e mangas amarelos).

4. Estrela de Prata, do Coronel Ross (boné preto e jaqueta vermelha).

5. Íris, do Duque de Balmoral (listras amarelas e pretas).

6. Ralador, do Lorde Singleford (boné púrpura e mangas pretas).

– Retiramos nosso outro animal e pusemos toda nossa esperança na sua palavra – disse o coronel. – O que é isso? Estrela de Prata favorito?

– Cinco a quatro contra Estrela de Prata! – anunciaram. – Cinco a quatro contra Estrela de Prata! Quinze a cinco contra Desborough! Cinco a quatro na pista.

– Ergueram os números – eu disse. – Estão todos os seis, lá.

– Todos os seis! Então meu cavalo vai correr – exclamou o coronel, agitado. – Mas não o vejo. Minhas cores não passaram.

– Só passaram cinco. O próximo deve ser ele.

Enquanto eu falava, um magnífico animal saiu da baia de pesagem e passou por nós, com o jóquei ostentando as cores vermelha e preta do coronel.

– Esse não é meu cavalo – ele exclamou. – Esse animal não tem nenhuma mancha branca. O que foi que aprontou, Sr. Holmes?

– Ora, ora. Vamos ver como ele se sai – disse, imperturbável, meu amigo. Por alguns minutos ele ficou olhando através de meu binóculo de campanha. – Excelente! Uma largada muito boa! – ele exclamou. – Lá vêm eles, fazendo a curva.

De nossa carruagem, tínhamos uma vista maravilhosa dos animais correndo. Eles estavam tão próximos que se poderia estender um colchão e dormir sobre eles. Na metade do caminho, o amarelo de Mapleton abriu vantagem. Na reta final, porém, Desborough mostrou que tinha disparado cedo demais e o Estrela de Prata deu a arrancada final, cruzando o disco com seis corpos de vantagem, sendo que Íris, do Duque de Balmoral, chegou num distante terceiro lugar.

– Ganhei a corrida – gaguejou o coronel, esfregando os olhos. – Confesso que não entendi nada. Não acha que já fez mistério demais, Sr. Holmes?

– Claro que sim, coronel. Vamos até lá ver o cavalo. Aqui está – ele continuou, quando chegamos à área reservada, onde só eram admitidos criadores e seus convidados. – Basta lavar-lhe a cabeça e a perna com vinho para descobrir que este é o bom e velho Estrela de Prata.

– É de tirar o fôlego!

– Encontrei-o nas mãos de um vigarista e tomei a liberdade de mandá-lo correr assim mesmo, disfarçado.

– Meu caro senhor, o que fez foi maravilhoso! O cavalo parece em ótimas condições. Devo-lhe um milhão de desculpas por ter duvidado de sua capacidade. Prestou-me um grande serviço ao recuperar meu cavalo, e faria um ainda maior se pegasse o assassino de John Straker.

– Já peguei – disse Holmes, calmamente.

Eu e o coronel arregalamos os olhos, espantados.

– Você o pegou! Onde está, então?

– Aqui.

– Aqui! Onde?

– Junto comigo, neste momento.

O coronel ficou vermelho de raiva.

– Reconheço que lhe devo muito, Sr. Holmes – ele disse –, mas tomarei o que disse como um insulto ou, no mínimo, uma piada de péssimo gosto.

Sherlock Holmes riu.

– Garanto-lhe que não o associei ao crime, coronel – ele disse. – O verdadeiro assassino está logo atrás do senhor.

Holmes passou pelo coronel e pôs a mão no pescoço brilhante do puro-sangue.

– O cavalo! – exclamamos eu e o coronel.

– Sim, o cavalo. Sua culpa pode ser abrandada se levarmos em conta que ele agiu em defesa própria e que John Straker não era digno de sua confiança. Entretanto essa é a campainha e, como apostei na próxima corrida, prefiro deixar uma explicação mais demorada para ocasião mais oportuna.

Voltamos para Londres naquela noite, a bordo de um vagão de primeira classe. Creio que a viagem foi curta tanto para o Coronel Ross como para mim, pois ouvimos maravilhados a narrativa de Sherlock Holmes sobre os fatos que ocorreram nos estábulos de treinamento em Dartmoor, na segunda-feira à noite, e como ele os desvendou.

– Confesso – ele disse – que as teorias que formulei a partir das notícias de jornais estavam totalmente erradas. Ainda assim, havia indícios lá que foram ocultos por outros detalhes sem importância. Fui para Devonshire convencido de que Fitzroy Simpson era o verdadeiro culpado, embora faltassem provas definitivas contra ele.

“Enquanto eu ainda estava na carruagem, quando chegamos à casa do treinador, bateu-me a imensa importância do carneiro ao *curry*. Talvez o senhor se lembre como eu estava distraído e permaneci sentado após todos terem descido. Estava pensando como pude ignorar pista tão óbvia.”

– Confesso – disse o coronel – que mesmo agora não vejo o que isso poderia sugerir.

– Esse foi o primeiro elo em minha cadeia de raciocínio. Ópio em pó não é algo sem sabor. Não é desagradável, mas é perceptível. Se misturado a um alimento normal, a pessoa que o ingerisse perceberia algo de estranho e pararia de comer. Mas *curry* foi exatamente o modo de disfarçar o sabor. Não havia como esse estranho, Fitzroy Simpson, fazer com que *curry* fosse servido naquela noite, e seria muita coincidência supor que ele aparecera com ópio em pó na mesma ocasião em que seria preparado um prato que poderia lhe disfarçar o sabor.

Isso seria inconcebível. Portanto, Simpson está eliminado do caso e nossa atenção se volta para Straker e sua mulher, os únicos que poderiam ter determinado carneiro ao *curry* como jantar daquela noite. O ópio foi acrescentado depois que o prato do rapaz foi feito, pois os outros que jantaram nada sofreram. Qual deles teve acesso ao prato sem que a empregada visse?

"Antes de esclarecer essa questão, percebi a importância do silêncio do cachorro, pois uma inferência verdadeira normalmente sugere outras. O incidente com Simpson mostrou que havia um cachorro no estábulo. Mesmo assim, alguém entrou, saiu com o cavalo e o cão não latiu, o que acordaria os cavalariços que dormiam no andar de cima. Obviamente, o visitante noturno era bem conhecido pelo cachorro.

"Eu já estava convencido, ou quase convencido, de que John Straker fora ao estábulo na calada da noite e pegara Estrela de Prata. Mas por quê? Por algum motivo desonesto, sem dúvida, ou não teria drogado seu funcionário. Ainda assim, eu não sabia por que ele o fizera. Já houve casos em que treinadores fizeram fortunas apostando contra seus próprios cavalos, por meio de agentes, e evitando que os animais ganhassem mediante alguma fraude. Pode ser um jóquei que segure o animal. No entanto, às vezes, é empregado algum método mais eficiente e sutil. E, neste caso, o que seria? Eu esperava que o conteúdo dos bolsos de Straker me ajudasse a formar uma conclusão.

"E foi o que aconteceu. Acho que vocês não se esqueceram da faca peculiar que foi encontrada na mão do morto, uma faca que nenhum homem mentalmente sadio escolheria como arma. Como o Dr. Watson nos informou, aquilo se tratava de um bisturi utilizado nas cirurgias mais delicadas. E seria usado numa operação delicadíssima, naquela noite. Com sua experiência em corridas de cavalo, Coronel Ross, o senhor sabe que é possível fazer um cortezinho subcutâneo no tendão de um cavalo de modo que não deixe sinais. Um cavalo sabotado dessa forma começaria a coxear, e o problema seria atribuído a alguma contusão durante o treinamento ou a um princípio de reumatismo, mas nunca a sabotagem!"

– Miserável! Vagabundo! – exclamou o coronel.

– Isso explica também por que John Straker levou o cavalo para o pântano. Animal tão altivo certamente faria acordar os maiores dorminhocos quando sentisse o corte do bisturi. Portanto, era absolutamente necessário fazer a operação ao ar livre.

– Como fui cego! – exclamou o coronel. – É claro! Por isso ele precisava da vela e dos fósforos!

– Sem dúvida. Examinando seus pertences, tive a sorte de descobrir não só o método que pretendia empregar na sabotagem do Estrela de Prata, mas também o motivo. Sendo um homem vivido, coronel, o senhor sabe que ninguém anda por aí com as contas dos outros no bolso. A maioria de nós já se preocupa bastante com as próprias contas. Portanto, concluí que Straker levava uma vida dupla, com um segundo lar. A origem daquela nota mostrava que havia uma mulher envolvida e uma de gostos dispendiosos. Ainda que o senhor pague bem seus empregados, não podemos imaginar que um deles possa comprar vestidos de vinte guinéus para sua esposa. Perguntei para a Sra. Straker sobre o vestido, sem que ela soubesse o motivo e, ao perceber que ela nunca o vira, anotei o endereço da butique com a sensação de que, se aparecesse lá com uma fotografia de Straker, facilmente estabeleceria que ele e Darbyshire eram a mesma pessoa.

"Os outros fatos eram muito simples. Straker levou o cavalo para a depressão para que a luz não fosse vista de longe. Simpson, quando fugiu, deixou cair a gravata, que Straker pegou com alguma finalidade. Talvez usá-la para segurar a perna do cavalo. Ao chegar na depressão, Straker ficou atrás do cavalo e acendeu um fósforo. O animal, porém, assustado pelo brilho repentino e com o instinto que normalmente os animais têm, percebeu a má intenção do treinador. Ele o escoiceou e a ferradura de aço acertou em cheio a testa de Straker. Este, por sua vez, tirara o casaco, apesar da chuva, preparando-se para a cirurgia. Quando caiu, o bisturi cortou-lhe a coxa. Está claro?"

– Maravilhosamente! – exclamou o coronel. – Maravilhosamente claro! Até parece que o senhor esteve lá!

– Minha última dedução foi, confesso, um pouco arriscada. Ocorreu-me que um homem tão astuto quanto Straker não tentaria essa operação sem praticar. Mas onde ele praticaria? Quando vi as ovelhas, desconfiei, e fiz aquela pergunta a um dos cavalariços que, para minha surpresa, confirmou minha conjectura com sua resposta.

– O senhor esclareceu tudo, Sr. Holmes.

– Quando voltei a Londres fui até a butique, que reconheceu imediatamente Straker como um ótimo cliente, mas sob o nome de Darbyshire, que tinha uma esposa que gostava de vestidos caros. Não tive dúvida de que essa mulher o fizera se atolar até o pescoço em dívidas, o que o fez imaginar esse plano desastrado.

– O senhor explicou tudo menos uma coisa – exclamou o coronel. – Onde estava o cavalo?

– Ah, ele disparou e foi acolhido por um de seus vizinhos. Acho que podemos esquecer essa parte. Este é o entroncamento de Clapham. Se não me engano, chegaremos à estação Vitória em menos de dez minutos. Se quiser fumar um charuto em nossa casa, coronel, ficarei feliz em contar outros detalhes que possam lhe interessar.

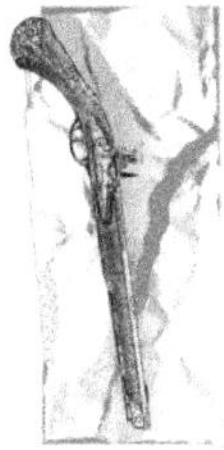

A Caixa de Papelão

Ao escolher alguns casos típicos que esbocem a capacidade intelectual de meu amigo Sherlock Holmes, esforcei-me para selecionar, tanto quanto possível, aqueles que contivessem o mínimo de sensacionalismo e que, ao mesmo tempo, servissem para demonstrar seu talento. Infelizmente, contudo, é impossível separar totalmente o sensacional do crime. O escritor, assim, fica no dilema de optar entre sacrificar detalhes que são essenciais para o caso, e assim fazer um registro impreciso do problema, e usar todos os fatos que a realidade, e não sua criatividade, lhe forneceu. Depois desse curto prefácio, volto-me para minhas anotações sobre uma série de acontecimentos estranhos e especialmente assustadores.

Era um dia muito quente de agosto. A Rua Baker parecia um forno e o brilho do sol nas casas de tijolos amarelos, do outro lado da rua, doía nos olhos. Era difícil de acreditar que essas eram as mesmas paredes que se escondiam, tão tenebrosamente, nos nevoeiros de inverno. Nossas cortinas estavam semicerradas e Holmes largara-se deitado no sofá, lendo e relendo uma carta que recebera pela manhã. Quanto a mim, o tempo que servi na Índia ensinou-me a suportar o calor melhor que o frio, e o termômetro a 35° não era grande coisa. Mas o jornal não estava interessante. O Parlamento entrara em recesso. Todo o mundo saíra da cidade, e eu sonhava com os prados da New Forest e com as praias de Southsea. As péssimas condições de minha conta bancária fizeram-me adiar as férias. Quanto ao meu amigo, nem campo nem praia lhe atraíam. Ele adorava ficar entre cinco milhões de pessoas, atento a elas e pronto para agir a qualquer rumor ou suspeita de crime. Ainda que Sherlock Holmes tivesse muitos dons, entre eles não estava a apreciação da natureza e só se mexia quando em vez de perseguir o bandido metropolitano saía à caça do marginal interiorano.

Pensando que Holmes estava muito absorto para papear, pus o jornal de lado e, recostando-me na poltrona, abandonei-me em divagações melancólicas. De repente, a voz de meu amigo interrompeu meus pensamentos.

– Tem razão, Watson – ele disse –, realmente parece uma forma absurda de resolver uma contenda.

– Realmente absurda! – confirmei, e então, percebendo que ele respondera a um pensamento meu, endireitei-me na poltrona e o encarei, totalmente pasmo.

– O que é isso Holmes? – exclamei. – Você está superando tudo que eu podia imaginar.

Ele riu com gosto da minha perplexidade.

– Você se lembra – ele disse – que há algum tempo eu li para você o trecho de um livro de Poe em que um personagem, de bom raciocínio, acompanha os pensamentos de seu amigo? Você estava achando que o autor forçara a situação. Quando eu disse que constantemente fazia o mesmo, você expressou sua incredulidade.

– Eu não disse nada!

– Não com a boca, meu caro Watson, mas o fez com as sobrancelhas. Assim, quando o vi pôr o jornal de lado, percebi que essa era uma oportunidade de acompanhar seus pensamentos e, eventualmente, me intrometer neles, para lhe provar que eu estava "ligado" a você.

Mas aquela resposta em nada me satisfez.

– No exemplo que me leu – eu disse –, o raciocinador tirou suas conclusões das ações do homem que ele observava. Se bem me lembro, o sujeito tropeçou num monte de pedras, olhou para as estrelas, e assim por diante. Eu estava sentado imóvel em minha poltrona. Que pistas posso ter lhe dado?

– Está sendo injusto consigo mesmo. As feições de um homem servem-lhe como meio de expressar suas emoções, e você usa muito bem as suas.

– Quer me dizer que leu meus pensamentos simplesmente observando meu rosto?

– Observando sua expressão e principalmente seus olhos. Talvez você mesmo não se lembre de como seus devaneios começaram?

– Não, não me lembro.

– Então vou lhe contar. Após colocar o jornal de lado, que foi o que me chamou a atenção, você ficou meio minuto com uma expressão vaga. Então seus olhos se fixaram no retrato recém-emoldurado do General Gordon. Vi, por uma alteração de seu rosto, que uma cadeia de pensamentos fora iniciada. Mas ela não foi longe. Seus olhos, então, foram até o retrato sem moldura de Henry Ward Beecher[2], que

[2] Henry Ward Beecher (1813-1887), sacerdote e orador americano, irmão da escritora Harriet Beecher Stowe (1811-1896).

está acima dos seus livros. Então você olhou para a parede e, é óbvio, o significado estava claro. Você pensou que, se o retrato dele fosse emoldurado, poderia ocupar o espaço vazio e contrabalançar com o quadro do General Gordon.

– Você seguiu maravilhosamente meus pensamentos! – exclamei.

– Até aí era impossível que eu me enganasse. Então, você se concentrou em Beecher, parecendo, pelo modo como olhava, que estava estudando o rosto dele. Seus olhos perderam a firmeza, mas você continuava a observar o retrato, ao mesmo tempo que sua expressão era reflexiva. Você se recordava dos incidentes da vida de Beecher. Eu bem sabia que não poderia fazer isso sem pensar na missão que ele desempenhou pelo Norte durante a Guerra Civil, pois lembro-me de que você se mostrou extremamente indignado pela forma como ele foi recebido por aquelas pessoas violentas. Na ocasião esse fato o incomodou tanto que eu sabia que você não pensaria em Beecher sem se lembrar daquilo. Quando, logo depois, seus olhos afastaram-se do retrato, imaginei que estava pensando na Guerra Civil e, quando observei seus lábios apertados, os olhos chispando e as mãos crispadas, tive certeza de que você pensava na bravura demonstrada pelos dois lados durante aquela luta desesperada. Em seguida, seu rosto ficou triste e você balançou a cabeça. Estava expressando a tristeza e o horror pelo desperdício inútil de vidas. Sua mão foi em direção ao seu velho ferimento de guerra e um sorriso desenhou-se nos lábios, mostrando-me que pensava como são ridículas essas formas de resolver contendas internacionais. Nesse momento, concordei com você como elas são realmente absurdas e fiquei feliz de saber que todas as minhas deduções estavam corretas.

– Absolutamente corretas! – eu disse. – E confesso que agora, após sua explicação, estou mais estupefato que antes.

– Foi tudo muito superficial, meu caro Watson. Garanto-lhe. Não teria me intrometido nas suas ideias se você não tivesse se mostrado incrédulo no outro dia. No entanto tenho um probleminha em mãos que talvez se mostre mais difícil do que meu exercício de leitura de pensamentos. Viu, no jornal, alguma referência sobre o impressionante conteúdo de um pacote enviado à Srta. Susan Cushing, da Rua Cross, em Croydon?

– Não, não vi nada sobre isso.

– Ah! Então deve ter lhe escapado. Jogue o jornal para mim. Aqui está, na seção de finanças. Faria o favor de ler em voz alta?

Peguei o jornal que ele me devolvera e li o parágrafo indicado. “Pacote macabro” era o título:

"A Srta. Susan Cushing, moradora da Rua Cross, em Croydon, foi vítima do que se considera, até agora, como uma piada especialmente revoltante, a menos que o acontecido tenha algum significado mais sinistro e ainda não descoberto. Às catorze horas de ontem, ela recebeu, pelo carteiro, um pacote embrulhado em papel pardo. Dentro havia uma caixa de papelão cheia de sal grosso. Esvaziando a caixa, a Srta. Cushing ficou horrorizada ao encontrar duas orelhas humanas recém-cortadas. A caixa fora enviada pelo correio de Belfast na manhã do dia anterior. Não há qualquer indicação quanto ao remetente e o caso fica ainda mais misterioso por se tratar da Srta. Cushing, que, solteira aos cinquenta anos, leva uma vida retirada, tem poucos conhecidos e raramente se corresponde pelo correio. Há alguns anos, contudo, ela morou em Penge e alugou quartos de sua casa para três estudantes de Medicina, que precisou mandar embora por serem barulhentos e de hábitos estranhos. A polícia acredita que esse ultraje, portanto, tenha sido efetuado pelos jovens, que desejavam se vingar por terem sido expulsos pela locadora. Assim, esperavam assustá-la enviando-lhe artefatos da sala de dissecação. Essa teoria é provável porque um dos estudantes é originário do norte da Irlanda, possivelmente, acredita a Srta. Cushing, de Belfast. De qualquer forma, o caso está sendo investigado, sendo que o responsável é o Sr. Lestrade, um dos mais ativos detetives da nossa polícia".

– É tudo o que diz o *Daily Chronicle* – disse Holmes, quando terminei de ler. – Quanto a nosso amigo Lestrade, recebi um bilhete seu esta manhã, no qual diz: "Acho que este caso pode lhe interessar. Esperamos esclarecer tudo, mas não sabemos por onde começar. É claro que já telegrafamos ao correio de Belfast, mas muitos pacotes foram despachados naquele dia, de modo que não podem identificar aquele nem seu remetente. A caixa em questão é de fumo para cachimbo e não nos ajuda em nada. A teoria sobre os estudantes de Medicina ainda me parece a mais provável, mas, se você tiver algum tempo livre, gostaria que viesse até aqui. Estarei em casa ou na delegacia o dia todo". O que me diz, Watson? Consegue enfrentar o calor e me acompanhar até Croydon para, talvez, registrar mais um caso em seus anais?

– Eu queria mesmo alguma coisa para fazer.

– Então, aí está. Mande o criado trazer nossos sapatos e diga-lhe para chamar um cabriolé. Volto num instante, só preciso me trocar e encher a cigarreira.

Caiu uma pancada de chuva enquanto seguíamos no trem e o calor estava muito menos infernal em Croydon do que na cidade. Holmes enviara um telegrama avisando que iríamos, de modo que Lestrade, nervoso, enérgico e cara de fuinha como nunca, estava nos esperando na estação. Uma caminhada de cinco minutos nos levou à Rua Cross, onde morava a Srta. Cushing.

Era uma rua comprida, com sobrados de tijolo aparente e escadas de pedra branca. Havia pequenos grupos de mulheres de avental fofocando nas portas. Tínhamos descido metade da rua quando Lestrade parou e bateu numa porta, que foi aberta por uma criada baixinha. A Srta. Cushing estava sentada na sala a que fomos levados. Era uma mulher de olhos grandes e bondosos, com cabelo grisalho caindo sobre as têmporas. Estava trabalhando num bordado e a seu lado, sobre uma banqueta, jazia uma cesta com linhas de seda de diversas cores.

– Aquelas coisas horríveis estão no depósito, lá fora – ela disse, ao ver Lestrade. – Gostaria que o senhor as levasse embora.

– É o que farei, Srta. Cushing. Só as deixei aqui para que meu amigo, o Sr. Holmes, pudesse vê-las na sua presença.

– Por que na minha presença?

– Para o caso de ele querer lhe fazer alguma pergunta.

– De que adianta me fazerem perguntas, se já lhes disse que não sei nada sobre isso?

– É o que acho, minha senhora – disse Holmes, com voz tranquila. – Sei que já se aborreceu demais com esse assunto.

– O senhor não imagina como! Sou uma mulher tranquila, que leva uma vida retirada. É novidade para mim ver meu nome nos jornais e encontrar policiais em casa. Não quero essas coisas aqui dentro, Sr. Lestrade. Se quiserem vê-las, terão de ir ao depósito.

O depósito era um barracão no estreito jardim atrás da casa. Lestrade entrou e voltou com uma caixa amarela de papelão, um pedaço de papel pardo e barbante. Havia um banco no jardim, onde nos sentamos enquanto Holmes examinava, um a um, os artigos que Lestrade lhe entregara.

– O barbante é muito interessante – disse Holmes, erguendo-o contra a luz e cheirando-o. – O que ele lhe diz, Lestrade?

– Passaram alcatrão nele.

– Exato. Trata-se de um barbante com alcatrão. Você também percebeu, sem dúvida, que a Srta. Cushing cortou-o com uma tesoura, o que pode ser comprovado pelas pontas esfiapadas. Isso é importante.

– Não vejo a importância – disse Lestrade.

– A importância está no fato de o nó ter ficado intato. Trata-se de um nó especial.

– Está muito bem amarrado. Já havia anotado isso – disse Lestrade, com ar complacente.

– Chega de barbante, então – disse Holmes, sorrindo. – Vamos ver o papel de embrulho. Pardo, com cheiro distinto de café. O quê, não sentiu? Não há dúvida. O endereço foi anotado com garranchos: "Srta. S. Cushing, R. Cross, Croydon". Foi escrito com caneta de ponta grossa, provavelmente uma J, com tinta de baixa qualidade. A palavra Croydon foi primeiro escrita com "i", que depois corrigiram para "y". O pacote foi sobrescrito por um homem, a letra é claramente masculina. Ele é pouco instruído e não conhece a cidade de Croydon. Até aqui, vamos bem! A caixa é uma embalagem de meia libra de fumo para cachimbo, com nada de interessante a não ser duas marcas de polegar no canto inferior esquerdo. Está cheia de sal grosso, do tipo usado para conservar peles e outros artigos desse tipo. Imerso nele estavam estas duas coisas interessantes.

Enquanto falava, Holmes pegou as orelhas e depositou-as sobre uma tábua que colocara sobre os joelhos, examinando-as minuciosamente enquanto Lestrade e eu, um de cada lado, nos aproximamos para ver aqueles itens macabros e observar o rosto atento e pensativo de nosso amigo. Finalmente, ele devolveu as orelhas à caixa e permaneceu pensativo.

– Você percebeu, Lestrade, é claro, que as orelhas são diferentes.

– Percebi, mas, se for alguma piada de estudante de Medicina, não seria difícil para ele conseguir orelhas nas aulas de Anatomia.

– Exatamente. Isso, porém, não é uma piada.

– Tem certeza?

– As evidências estão contra essa hipótese. Corpos em aulas de Anatomia são conservados com um fluido do qual essas orelhas não apresentam nenhum traço. Além do mais, foram cortadas há pouco tempo, com instrumento pouco afiado, o que não seria o caso se fosse feito por um estudante de Medicina. Também, existem vários conservantes que seriam usados por uma pessoa da área de Saúde e nenhum deles seria sal grosso. Repito que isto não se trata de nenhuma piada. Estamos investigando um crime sério.

Aquelas palavras e o rosto endurecido de meu amigo fizeram um calafrio me percorrer a espinha. Esse aperitivo revoltante prometia mais horrores estranhos por vir. Contudo Lestrade balançou a cabeça, como se não estivesse totalmente convencido.

– Sem dúvida que a teoria da piada tem objeções – ele disse. – Mas há outras, mais fortes, contra a ideia de crime. Sabemos que

essa mulher levou uma vida sossegada e respeitável em Penge e aqui nesses últimos vinte anos. Ela quase não saiu de casa durante todo esse tempo. Por que então algum criminoso lhe enviaria provas de sua culpa, principalmente se sabe tanto do que se trata quanto nós, a menos que seja uma grande atriz?

– Esse é o problema que precisamos resolver – Holmes respondeu. – De minha parte, vou começar assumindo que meu raciocínio está correto e que um duplo homicídio foi cometido. Uma dessas orelhas é pequena, de mulher, com furo de brinco. A outra é de homem, bronzeada, desbotada e também com furo de brinco. Essas duas pessoas estão mortas, ou já teríamos ouvido falar nelas. Hoje é sexta-feira. O pacote foi enviado na manhã de quinta. Então a tragédia aconteceu na quarta ou na terça. Ou antes, ainda. Se essas pessoas foram assassinadas, por que o assassino enviaria provas de seu trabalho para a Srta. Cushing? Podemos assumir que o remetente é o homem que procuramos. Mas ele precisaria ter razões fortes para enviar-lhe esse pacote. Quais seriam, portanto? Informar-lhe que o crime fora realizado, ou então fazê-la sofrer. Nesse caso ela saberia do que se trata. Será que ela sabe? Se soubesse, por que chamaria a polícia? Poderia ter enterrado as orelhas e ninguém ficaria sabendo de nada. Isso é o que faria se desejasse proteger o criminoso. Entretanto, se não quisesse protegê-lo, saberia nos dizer seu nome. Esse é o nó que precisa ser desfeito.

Holmes estivera falando alto e muito rápido, olhando vagamente para a cerca do jardim. Então de repente ele se levantou e se encaminhou para a casa.

– Preciso fazer umas perguntas à Srta. Cushing – ele disse.

– Nesse caso vou deixá-lo – disse Lestrade –, pois tenho outros assuntos para tratar. Acho que a Srta. Cushing não lhe dará nenhuma informação que eu já não tenha. Estarei na delegacia.

– Passaremos por lá a caminho da estação – respondeu Holmes.

Logo depois, estávamos de volta àquela sala, onde a impassível senhora continuava seu bordado. Ao entrarmos, ela o colocou sobre as pernas e nos encarou com seus curiosos olhos azuis.

– Estou convencida, meu senhor – ela disse –, de que tudo isso é um engano, e que o pacote não era para mim. Eu repeti isso diversas vezes para aquele cavalheiro da Scotland Yard, mas ele simplesmente riu de mim. Pelo que sei, não tenho inimigos neste mundo. Por que, então, alguém me passaria esse trote?

– Estou chegando a essa conclusão, Srta. Cushing – disse Holmes, sentando-se a seu lado. – Acho que é mais provável... – parou de falar, e fiquei surpreso ao ver que ele observava intensamente o perfil da mulher. Seu rosto ansioso demonstrava surpresa e satisfação, embora tenha reassumido sua expressão normal quando a mulher olhou para ele, estranhando seu silêncio. Então foi a minha vez de olhá-la fixamente, analisando seu cabelo grisalho, a touca enfeitada e os brinquinhos dourados. Mas não consegui enxergar nada que pudesse explicar a agitação do meu amigo.

– Só preciso lhe fazer algumas perguntas...

– Ah, estou cansada de perguntas! – ela interrompeu, impaciente.

– A senhora tem duas irmãs, pelo que parece.

– Como sabe disso?

– No momento em que entrei na sala reparei naquela foto, sobre a lareira. Uma delas é, sem dúvida, a senhora. As outras duas se parecem tanto consigo que só podem ser suas parentes.

– Tem razão. São minhas irmãs, Sarah e Mary.

– E aqui, ao meu lado, há outro retrato apenas de sua irmã mais nova, Mary, tirado em Liverpool, na companhia de um homem que parece ser um marinheiro, pelo uniforme. Vejo que ela estava solteira, na época.

– É muito bom observador!

– Essa é a minha profissão.

– Bem, está certo mais uma vez. Ela se casou dias depois com o Sr. Browner. Quando essa foto foi tirada, ele trabalhava na linha para a América do Sul. Ele gostava tanto de minha irmã que não conseguia ficar no mar tanto tempo. Então se transferiu para os barcos de Liverpool e Londres.

– Ah, no *Conqueror*, talvez?

– Na verdade, não. Estava no *May Day*, da última vez que soube. James veio me visitar nesta casa, uma vez. Isso foi antes de ele quebrar a promessa. Depois, bastava desembarcar para começar a beber, o que o transformava num louco violento. Ah! Foi uma pena ele ter voltado a beber. Primeiro ele parou de me visitar. Depois brigou com Sarah e, agora que Mary parou de me escrever, não sei como estão as coisas entre eles.

Estava claro que a Srta. Cushing falava de um assunto que lhe doía profundamente. Como a maioria das pessoas que leva uma vida solitária, ela estava retraída a princípio, mas logo tornou-se muito comunicativa. Contou-nos detalhes de seu cunhado marinheiro; depois, mudando de assunto para seus antigos inquilinos, os estudantes de Medicina, fez uma longa lista das travessuras deles, citando seus nomes e os hospitais em que as praticavam. Holmes ouvia a tudo atentamente, fazendo perguntas de vez em quando.

– Quanto à sua outra irmã, Sarah – disse ele –, pergunto-me por que não moram juntas, já que são solteiras.

– Ah! O senhor não conhece o gênio de Sarah! Do contrário não teria essa dúvida. Tentei morar com ela quando vim para Croydon. Insistimos até cerca de dois meses atrás, quando tivemos de nos separar. Não quero falar da minha irmã, mas Sarah sempre foi intrometida e difícil de agradar.

– A senhora me disse que ela brigou com os parentes de Liverpool.

– Exato, e eram ótimos amigos naquela época. Ora, ela foi morar lá só para estar perto deles. E agora não fala com James Browner. Nos últimos seis meses que morou aqui, ela não falava de outra coisa a não ser sobre as bebedeiras e os modos dele. Acho que Sarah se intrometeu na vida dos dois, por isso James reagiu dizendo tudo o que achava sobre ela. Talvez isso tenha sido o começo de tudo.

– Obrigado, Srta. Cushing – disse Holmes, levantando-se e fazendo uma reverência. – Disse que sua irmã Sarah mora na Rua Nova, em Wallington? Obrigado, e sinto que tenha se aborrecido com um caso, como diz, que não lhe diz respeito.

Um carro estava passando quando saímos à rua e Holmes acenou para ele.

– Qual a distância até Wallington? – ele perguntou.

– Cerca de um quilômetro e meio – respondeu o condutor.

– Muito bem. Suba, Watson. Precisamos agir rápido. Ainda que o caso seja muito simples, apresenta alguns detalhes instrutivos. Condutor, no caminho, pare na agência de telégrafo.

Holmes enviou um telegrama curto e, durante o resto do percurso, ficou reclinado com o chapéu sobre o rosto, para se proteger do sol. O cocheiro parou junto a uma casa não muito diferente da que estivéramos há pouco. Meu amigo pediu-lhe para esperar e bateu na porta, que foi aberta por um jovem senhor vestido de preto e usando um chapéu muito brilhante.

– A Srta. Sarah Cushing está? – perguntou Holmes.

– A Srta. Sarah Cushing está muito doente – ele respondeu. – Desde ontem apresenta problemas cerebrais seríssimos. Como seu conselheiro médico, não posso permitir que receba visitas. Recomendo que volte dentro de dez dias.

O jovem vestiu suas luvas e partiu.

– Bem, já que não podemos, não podemos – disse Holmes, despreocupado.

– Talvez ela não pudesse, ou não quisesse, lhe ajudar.

– Não esperava que ela me dissesse algo. Só queria vê-la. Mas acho que consegui o que queria. Leve-nos a um bom hotel, condutor;

um lugar onde possamos almoçar. Depois visitaremos nosso amigo Lestrade na delegacia.

Nosso almoço foi bem agradável. Durante a refeição, Holmes só falou de violinos e contou, exultante, como adquiriu seu Stradivarius, que valia pelo menos quinhentos guinéus, numa loja de penhores, por cinquenta e cinco xelins. Daí para Paganini foi um pulo. Ficamos uma hora diante de uma garrafa de vinho enquanto Holmes me contava anedota após anedota sobre a vida desse homem extraordinário.

Já estava entardecendo e a luz quente do sol se transformara em brilho suave, quando chegamos à delegacia. Lestrade esperava por nós à porta.

– Telegrama para você, Holmes – ele anunciou.

– Ah! É a resposta – ele abriu o papel e percorreu-o rapidamente com os olhos. Depois dobrou-o e enfiou-o no bolso. – Está tudo bem – ele disse.

– Descobriu algo? – perguntou Lestrade.

– Descobri tudo!

– Quê! – Lestrade ficou olhando fixamente para Holmes, estupefato. – Está brincando comigo.

– Nunca falei mais sério. Um crime chocante foi cometido e penso ter descoberto todos os detalhes relacionados a ele.

– E o criminoso?

Holmes rabiscou algumas palavras no verso de um de seus cartões de visita e entregou-o a Lestrade.

– Aí está. Não poderá prendê-lo até amanhã à noite, no mínimo. Prefiro que você, de modo algum, relacione meu nome ao crime, pois gosto de ser associado apenas aos casos que apresentam alguma dificuldade na sua solução. Vamos embora, Watson.

Fomos caminhando até a estação de trem, deixando Lestrade, que, admirado, ficou analisando o cartão que Holmes lhe entregara.

– O caso – começou Sherlock Holmes, enquanto fumávamos charuto, já de volta a nosso apartamento na Rua Baker – é do tipo que precisamos investigar retroativamente, dos efeitos para suas causas, como aqueles que você transformou em livro: *Um Estudo em Vermelho* e *O Signo dos Quatro*. Escrevi a Lestrade pedindo-lhe que nos forneça os detalhes que ainda faltam e que só poderemos saber depois de prender o assassino. Podemos ficar tranquilos quanto a ele realizar a prisão, pois é tenaz como um buldogue quando compreende o que deve fazer. Foi essa tenacidade, na verdade, que o fez subir na Scotland Yard.

– Então sua investigação não está completa? – perguntei.

– Está completa no que é essencial. Sabemos quem é o autor desse crime revoltante, embora desconheçamos uma das vítimas. Mas é claro que você já tirou suas próprias conclusões.

– Presumo que James Browner, marinheiro num barco de Liverpool, é o suspeito.

– Ah, ele é mais que um suspeito.

– Mesmo assim, só consigo ver indícios muito vagos.

– Pelo contrário, tudo está muito definido para mim. Deixe-me rever os principais fatos. Ingressamos no caso sem qualquer ideia preconcebida, o que é sempre uma vantagem. Assim não temos teorias que nos atrapalhem. Simplesmente fomos até lá para observar e fazer inferências a partir de nossas observações. O que vimos em primeiro lugar? Uma senhora reservada e respeitável, que parecia inocente e não procura esconder nada. Havia, ainda, um retrato que mostrava ter ela duas irmãs mais novas. Naquele momento, ocorreu-me que a caixa poderia ter sido enviada para uma delas. Então vimos o singular conteúdo daquela caixinha amarela.

"O cordel era do tipo usado no velame dos navios, o que nos fez perceber imediatamente o cheiro de maresia no crime. Quando percebi que o nó usado é comum entre marinheiros, que o pacote fora remetido de um porto e que a orelha masculina tinha um furo de brinco, o que é mais comum entre homens do mar que de terra, fui tomado pela certeza de que os atores dessa tragédia seriam encontrados em atividades relacionadas ao mar e à navegação.

"Quando examinei o endereço no pacote, vi que era destinado à Srta. S. Cushing. A irmã mais velha poderia ser, é claro, a Srta. Cushing. E, embora sua inicial seja S, essa poderia ser, também, a inicial de uma das outras irmãs. Portanto, voltei a casa para esclarecer isso com a Srta. Cushing. Eu estava para dizer a ela que acreditava ser tudo um engano, quando você se lembra que emudeci. Algo que vi, naquele momento, surpreendeu-me totalmente e estreitou tremendamente nosso campo investigativo.

"Como médico, Watson, você deve saber que não existe parte do corpo humano que apresente mais variações que a orelha. Cada orelha é única e difere de todas as outras. No *Caderno Antropológico* do ano passado você encontrará duas monografias minhas sobre o assunto. Portanto, examinei as orelhas da caixa como um perito, observando cuidadosamente suas características anatômicas. Imagine minha surpresa quando, ao olhar para a Srta. Cushing, percebi que sua orelha correspondia exatamente à orelha feminina que eu acabara de examinar. Obviamente que aquilo não se tratava de coincidência. Lá estavam o encurtamento da aurícula, a curva larga do lóbulo superior, a mesma convolução da cartilagem interna. Na essência, tratava-se da mesma orelha.

"É claro que logo vi a importância dessa observação. A vítima era parente da Srta. Cushing e, provavelmente, parente próxima. Comecei a falar com ela sobre sua família e, você se lembra, obtive detalhes muito valiosos.

"Em primeiro lugar, o nome da irmã é Sarah e, até recentemente, o endereço dela era aquele. Assim, ficou bastante óbvio como aconteceu o engano e para quem era o pacote. Depois soubemos desse marinheiro, casado com a terceira irmã, que se tornou tão amigo da Srta. Sarah que esta foi morar com os Browners, embora uma briga os tenha afastado depois. Essa briga interrompeu a comunicação entre eles durante alguns meses, de modo que se Browner quisesse enviar alguma correspondência para a Srta. Sarah, ele teria, sem dúvida, enviado para seu endereço antigo.

"Dessa forma, o caso começou a se mostrar de forma maravilhosamente clara. Soubemos da existência desse marinheiro, um homem impulsivo, de atitudes apaixonadas – lembre-se de como ele abandonou um posto muito superior para ficar próximo à mulher –, e sujeito a bebedeiras ocasionais. Temos razões para acreditar que sua mulher foi assassinada, e que um homem, provavelmente um marinheiro, também, foi morto na mesma ocasião. É claro que tudo isso sugere que o motivo do crime foi ciúme. E por que as provas do duplo assassinato seriam enviadas para a Srta. Sarah Cushing? Provavelmente porque durante o tempo em que residiu em Liverpool ela participou dos fatos que acabaram desembocando nesta tragédia. Repare que a linha em que Browner trabalha atende os portos de Belfast, Dublin e Waterford. Presumindo-se que ele tenha cometido o crime e embarcado em seguida, Belfast seria o primeiro lugar onde poderia postar o horrendo pacote.

"Nesse estágio, havia uma segunda solução possível, embora eu a julgasse muito improvável. Mesmo assim, quis elucidá-la antes de prosseguir. Um amante rejeitado poderia ter matado o Sr. e a Sra. Browner, e a orelha masculina pertenceria ao marido. Havia sérias objeções a essa teoria, mas era possível. Portanto enviei um telegrama ao meu amigo Algar, da polícia de Liverpool, e pedi-lhe que descobrisse se a Sra. Browner estava em casa e se o Sr. Browner embarcara no *May Day*. Depois disso nós dois fomos até Wallington visitar a Srta. Sarah.

"A princípio, eu estava curioso para ver como os traços familiares se reproduziam em sua orelha. É claro que, também, ela poderia nos fornecer informações importantíssimas, embora eu duvidasse disso. Ela deve ter ouvido falar no caso no dia anterior, pois toda Croydon não falava de outra coisa, e entendeu imediatamente para quem aquele pacote estava, na verdade, endereçado. Se ela quisesse colaborar com a Justiça, já teria se comunicado com a polícia. De qualquer modo, era nosso dever falar com ela, e lá fomos nós. Descobrimos que a notícia sobre a chegada do pacote provocou-lhe forte febre emocional – pois sua doença data do dia em que os jornais noticiaram o caso. Assim, ficou mais do que claro que ela entendeu completamente o que aquilo significava e também que teríamos de esperar para conseguir qualquer ajuda dela.

"Contudo, não dependíamos disso para prosseguir. Nossas respostas estavam esperando na delegacia de polícia, para onde tinha pedido a Algar que as enviasse. Elas foram conclusivas. A casa da Sra. Browner estava fechada há mais de três dias, e os vizinhos achavam que ela viajara para o sul para visitar parentes. Algar também confirmou, no escritório de navegação, que Browner embarcou no *May Day*, que deve estar entrando no rio Tâmisa amanhã à noite. Quando chegar, ele vai encontrar o obtuso mas decidido Lestrade, e estou certo de que, então, saberemos dos detalhes que faltam."

A expectativa de Sherlock Holmes foi correspondida. Dois dias depois, ele recebeu um volumoso envelope, contendo uma carta do detetive e diversas páginas datilografadas.

"Meu caro Holmes,

De acordo com o esquema que propusemos para testar nossas teorias..."

– O "nossas" está bem empregado aqui, hein, Watson? – comentou Holmes.

"...fui até o cais Albert", a carta continuava, "ontem às dezoito horas e subi a bordo do *SS May Day*, pertencente à Companhia de Vapores Liverpool, Dublin e Londres. Ao perguntar, descobri que havia, a bordo, um marinheiro chamado James Browner, que se comportara de forma tão inusitada durante a viagem que o capitão precisou dispensá-lo de seus deveres. Ao descer até seus aposentos, encontrei-o sentado sobre um baú com a cabeça apoiada nas mãos, balançando-se para a frente e para trás. Trata-se de um sujeito grande, forte e de pele bronzeada – parecido com Aldridge, que nos ajudou no caso da lavanderia falsa. Quando lhe disse por que estava lá, ele se ergueu de um pulo, o que me fez usar o apito para chamar dois guardas do rio que estavam por perto. Entretanto Browner estava muito deprimido, e estendeu calmamente os punhos para ser algemado. Trouxemos o homem para a delegacia, bem como seu baú, pois poderia haver nele alguma prova. No entanto, exceto uma faca grande, do tipo que todo marinheiro usa, não encontramos mais nada. Contudo logo vimos que nenhuma evidência seria necessária, pois ao chegar na delegacia Browner pediu para confessar. Nosso estenógrafo anotou seu depoimento, do qual fizemos três cópias datilografadas. Uma delas está anexada a esta carta. O caso se provou, como eu sempre pensei, extremamente simples. Contudo agradeço-lhe por ajudar em minhas investigações. Atenciosamente, G. Lestrade."

– Hum! A investigação era realmente muito simples – disse Holmes –, mas não acredito que ele tinha percebido isso quando nos chamou. Vamos ver, porém, o que James Browner tem para dizer. Este é seu depoimento, prestado ao Inspetor Montgomery, na Delegacia de Polícia de Shadwell, e tem a vantagem de reproduzir fielmente suas palavras.

"Tenho algo a dizer? Sim, tenho muito o que dizer. Preciso desabafar tudo isso. Vocês podem me enforcar ou me deixar em paz. Não dou a mínima para o que vão fazer. Não consigo mais dormir, desde que fiz o que fiz, e não acho que conseguirei até passar desta para melhor. Às vezes é o rosto dele, mas normalmente é o rosto dela. Nunca estou sem um ou outro diante de mim. Ele me olha com a cara fechada e ameaçadora, mas ela parece surpresa. Ah, coitadinha, deve ter ficado surpresa ao ver a morte num rosto que antes só mostrava amor.

"Foi tudo culpa de Sarah, e que a praga deste condenado faça com que adoeça e que o sangue lhe apodreça nas veias! Não é que eu queira me livrar. Sei que voltei a beber, a besta que sempre fui. Mas ela teria me perdoado, teria ficado ao meu lado se não fosse aquela mulher maldita que apareceu na nossa porta. Sarah Cushing me amava; isso foi a causa de tudo. Ela me amava, e todo o seu amor se transformou em veneno raivoso quando percebeu que eu apreciava mais uma pegada de minha mulher na lama do que ela de corpo e alma.

"Eram três, as irmãs. A mais velha é apenas uma boa mulher. A segunda é o diabo, e a terceira era um anjo. Sarah tinha trinta e três, e Mary, vinte e nove quando nos casamos. Nossa felicidade era plena, desde que começamos a vida de casados. Em toda Liverpool não havia mulher melhor que a minha Mary. Então convidamos Sarah para passar uma semana conosco. A semana se transformou em mês, uma coisa levou à outra e ela estava fazendo parte de nossa vida.

"Na época eu tinha parado de beber, estávamos economizando dinheiro e tudo ia bem. Meu Deus, como eu poderia pensar que chegaria a isto? Quem teria sonhado com isso?

"Frequentemente, eu ficava em casa nos fins de semana. Às vezes, se o navio ficasse retido para ser carregado, eu passava a semana inteira em Liverpool, de modo que via com frequência a minha cunhada, Sarah. Era uma mulher bonita, morena, inteligente e decidida, com uma postura orgulhosa e um brilho encantador no olhar. Mas, juro por Deus, com a pequena Mary por perto eu nem pensava em Sarah.

"Às vezes eu tinha a impressão de que ela gostava de ficar a sós comigo, ou de sair para passear, mas nunca imaginei nada. Certa noite, contudo, caí em mim. Cheguei de viagem e minha mulher não estava em casa. Sarah estava. 'Onde está Mary?', perguntei. 'Ah, foi pagar algumas contas.' Impaciente, comecei a andar pela sala. 'Será que não consegue ficar feliz por cinco minutos sem Mary, James?', ela perguntou. 'Não é muito elogioso, para mim, saber que você não se contenta com minha companhia nem por tão pouco tempo.' 'Está tudo bem, garota', eu disse, acenando com minha mão de modo gentil. Mas Sarah pegou-a entre as suas, que estavam quentes como se ela tivesse febre. Olhei em seus olhos e compreendi tudo. Ela não precisou falar nada, nem eu. Franzi o rosto e tirei a mão de entre as suas. Então ela se aproximou e bateu no meu ombro. 'Bom e velho James', ela disse, rindo num tom de zombaria. Depois saiu da sala.

"A partir de então Sarah começou a me odiar de paixão. E como ela sabe fazer isso! Fui um tolo em permitir que continuasse conosco – um grande tolo –, mas nunca disse a Mary o que acontecera. Sabia que isso a magoaria. As coisas continuaram mais ou menos como antes, mas Mary começou a mudar. Ela, que sempre fora confiante e inocente, foi se tornando estranha e desconfiada. Queria saber onde eu estivera e o que fizera, para quem eram minhas cartas e o que tinha nos bolsos, além de milhares de outras bobagens. Dia após dia ela foi se tornando mais irritante e estranha. Brigávamos por nada e por tudo. Aquilo me deixou confuso. Sarah me evitava, mas ela e Mary tornaram-se inseparáveis. Agora vejo como ela estava armando e envenenando minha mulher contra mim, e fui tão cego que na época não compreendi. Foi então que recomecei a beber, mas acho que não o teria feito se Mary continuasse a mesma de sempre. Por alguma razão ela andava contrariada comigo e começamos a nos afastar. Então apareceu esse Alec Fairbairn, e as coisas ficaram muito piores.

"Primeiro ele apareceu em nossa casa para ver Sarah, mas logo estava vindo visitar a todos, pois era um sujeito encantador, que fazia amigos onde quer que fosse. Rapaz agradável, elegante e inteligente, já estivera em meio mundo, e sabia contar bem suas histórias. Era boa companhia, não há como negar. Era educado demais para um marinheiro, mas acho que já houve época em que ele viajou mais como passageiro do que como tripulante. Durante um mês frequentou diariamente minha casa, e nunca imaginei que algum dano pudesse vir de suas maneiras gentis e bem-educadas. Finalmente, porém, algo me fez suspeitar, e daquele dia em diante minha paz acabou.

"Foi uma coisinha à toa. Cheguei em casa meio inesperadamente e, ao cruzar a soleira, vi o rosto de minha esposa se iluminar de alegria. Contudo, quando viu quem era, seu rosto murchou e ela se virou, parecendo desapontada. Aquilo me bastou. Não havia outro modo de andar, a não ser o de Alec Fairbairn, que ela poderia confundir com o meu. Se o tivesse visto naquele momento, eu o teria matado, pois enlouqueço quando fico furioso. Mary viu o brilho maligno nos meus olhos, pois ela correu para mim e me segurou pelo braço. 'Não, James, não!', ela disse. 'Onde está Sarah?', perguntei. 'Na cozinha', Mary respondeu. 'Sarah', eu disse, ao entrar, 'nunca mais quero ver esse Fairbairn na minha casa.' 'Por que não?', ela quis saber. 'Porque estou mandando.' 'Oh!', ela fez, 'se meus amigos não são bem-vindos nesta casa, eu também não sou.' 'Faça o que quiser', eu disse, 'mas, se esse Fairbairn mostrar a cara por aqui novamente, vou lhe mandar uma orelha dele como lembrança.' Acho que minha carranca a assustou, pois não me respondeu e, na mesma noite, foi embora.

"Bem, não sei se foi por pura maldade dessa mulher, ou se ela pensou que poderia virar minha mulher contra mim, encorajando-a a se portar indignamente. De qualquer modo, ela arrumou uma casa a apenas dois quarteirões e começou a alugar os quartos para marinheiros. Fairbairn costumava se hospedar lá, e Mary, quando visitava a irmã, tomava chá com ela e com o sujeito. Não sei quantas vezes ela foi, mas um dia a segui e, quando irrompi pela porta, Fairbairn fugiu pulando o muro do jardim, numa atitude covarde digna do gambá fedorento que ele era. Jurei para minha mulher que a mataria se a visse na companhia dele novamente e a levei de volta para casa, chorosa e trêmula, branca como uma folha de papel. Já não havia amor entre nós. Percebi que ela me odiava e me temia. Quando isso me fez voltar a beber, ela passou a me desprezar.

"Bem, logo Sarah percebeu que não conseguiria sobreviver em Liverpool e voltou, se estou certo, para morar com a irmã em Croydon. Em casa, as coisas voltaram quase ao normal. Então na semana passada veio a desgraça.

"Foi assim: embarquei no *May Day* para uma viagem de ida e volta de sete dias. O barco, no entanto, apresentou problemas e tivemos de voltar ao porto, onde ficaríamos por mais doze horas. Desembarquei e voltei para casa, pensando na surpresa que minha esposa teria, e esperando que, em breve, ela voltaria a ficar feliz ao me ver. Estava com o pensamento na cabeça quando entrei na minha rua. Passou por mim uma carruagem com Mary dentro. A seu lado estava Fairbairn. Os dois conversavam e riam, sem repararem que eu estava na calçada, observando-os.

"Dou-lhes minha palavra que daquele momento em diante eu já não respondia por mim mesmo. Quando penso no que aconteceu, tudo me parece um sonho confuso. Eu estivera bebendo até tarde, e as duas coisas juntas viraram minha cabeça. Meu cérebro está latejando neste momento e sinto como se fosse um martelo batendo dentro dele. Naquela manhã, contudo, senti milhares de martelos.

"Bem, eu saí correndo atrás da carruagem. Eu tinha um pesado bastão de carvalho e, posso lhes dizer, já sabia que aquilo acabaria mal. Enquanto corria, comecei a me preparar e me posicionei de modo que eles não conseguissem me ver. Logo pararam na estação de trem. Havia muita gente em volta da bilheteria, assim pude me aproximar sem ser visto. Eles compraram bilhetes para New Brighton. Fiz o mesmo, mas fiquei três vagões atrás deles. Ao chegar lá, passearam pelo quebra-mar. Segui-os mantendo-me a uns cem metros. Por fim, vi-os alugar um barco. Estava um dia muito quente e eles devem ter pensado que estaria mais fresco na água.

"Era como se eles estivessem se pondo em minhas mãos. Havia uma certa neblina e era impossível enxergar muito longe. Também aluguei um barco e fui atrás deles. Podia vê-los ao longe, mas iam quase tão rápido quanto eu. Quando os alcancei, estavam a cerca de mil e quinhentos metros da costa. A neblina parecia uma cortina à nossa volta, isolando nós três do mundo. Meu Deus, será que conseguirei esquecer o rosto deles, quando viram quem estava se aproximando? Ela gritou e ele xingou como um louco. Tentou me acertar com o remo, pois deve ter visto a morte em meus olhos. Esquivei-me e deitei-lhe meu bastão, que esmagou sua cabeça como um ovo. Eu a teria poupado, talvez, apesar da minha loucura, mas ela o abraçou, chorando por ele e gritando 'Alec!'. Soltei novo golpe e ela caiu ao lado dele. Eu parecia uma fera que sentira o gosto do sangue. Se Sarah estivesse lá, por Deus, faria companhia a eles. Então puxei minha faca e... bem! Acho que já falei o suficiente. Senti uma alegria selvagem ao pensar em como Sarah se sentiria ao receber aqueles sinais mostrando-lhe o resultado de suas intrigas e fofocas. Em seguida, amarrei os corpos ao barco, fiz um buraco nele e fiquei lá, esperando-o afundar. Imaginei que o proprietário pensaria que os dois tinham-se perdido no nevoeiro, indo parar em alto-mar. Limpei-me, voltei para a terra e embarquei no *May Day* sem que ninguém desconfiasse do que se passara. Naquela noite preparei o pacote para Sarah Cushing, e no dia seguinte o despachei de Belfast.

"Essa é toda a verdade. Vocês podem me enforcar ou fazer o que quiserem. Só não conseguirão me punir mais do que já fui punido. Não consigo fechar os olhos sem ver aqueles dois rostos me encarando – da mesma forma que encararam quando me viram surgir no meio do nevoeiro. Matei-os rapidamente e eles estão me matando aos poucos. Mais uma noite dessas e amanhecerei morto ou louco. Por favor, não me coloque sozinho numa cela. Por piedade, que Deus seja bondoso com o senhor se me ajudar."

–Qual o sentido disso tudo, Watson? – disse Holmes solenemente, colocando os papéis de lado. – Qual o sentido desse círculo de violência e medo? Deve haver um objetivo nisso tudo, ou então nosso universo não faz nenhum sentido, o que é inconcebível. Qual será o sentido? Essa é a grande questão, cuja resposta continua tão longe da compreensão humana como sempre.

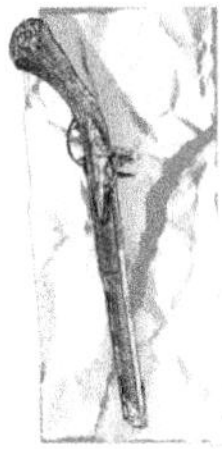

A Tragédia do *Gloria Scott*

– Separei alguns papéis, Watson – disse meu amigo, Sherlock Holmes, quando estávamos sentados diante da lareira, numa noite de inverno –, nos quais acredito que você gostaria de dar uma olhada. São documentos desse caso extraordinário do *Gloria Scott*. Esta é a mensagem que aterrorizou o juiz de paz Trevor.

Holmes tirou da gaveta um cilindro escurecido e, removendo a fita, me entregou um bilhete rabiscado em meia folha de papel de embrulho grosseiro.

"A provisão de caça para Londres acabou", informava o bilhete. "O guarda Hudson, pelo visto, contou mas não tudo. Que ele fuja, faz sentido. Para podermos tentar salvar em tempo sua faisoa com vida."

Quando terminei de ler essa mensagem enigmática, vi Holmes rindo da expressão em meu rosto.

– Você parece um pouco confuso – ele disse.

– Não entendo como essa mensagem pode aterrorizar alguém. Ela me parece mais esquisita que outra coisa.

– Pode ser. O fato é que o leitor, um homem saudável e robusto, foi abatido por ela, como se tivesse levado uma coronhada.

– Isso está ficando interessante – eu disse. – Por que você disse que havia razões específicas para eu estudar esse caso?

– Porque foi o primeiro de todos em que eu trabalhei.

Diversas vezes tentei fazer meu amigo contar o que, pela primeira vez, fez com que se dedicasse à criminologia, mas nunca o encontrei disposto. Agora estava sentado diante da lareira com os documentos sobre os joelhos. Então ele acendeu o cachimbo e ficou fumando e revirando os papéis.

– Nunca me ouviu falar de Victor Trevor? – perguntou Holmes. – Ele foi o único amigo que fiz durante os dois anos em que frequentei a faculdade. Nunca fui um sujeito muito sociável, Watson. Sempre preferi ficar no meu quarto, refletindo sobre meus métodos de raciocínio. Assim, nunca me misturei com os colegas da minha turma. Além de esgrima e boxe, não gostava de esportes, e minha linha de estudos era tão diferente da de meus colegas que não tínhamos pontos de contato. Trevor foi o único sujeito que conheci, e ainda assim porque seu *bull-terrier* mordeu meu calcanhar quando eu estava indo para a capela. Foi um jeito meio bobo de começar uma amizade, mas funcionou. Tive de ficar deitado, com os pés para cima, por dez dias, e Trevor vinha me visitar. No começo ele ficava apenas um minuto, mas depois suas visitas começaram a se estender e antes do final do semestre já éramos amigos. Era um sujeito caloroso, bem disposto e bem-humorado, o oposto de mim em vários aspectos. Tínhamos, porém, alguns pontos em comum. Contudo o que nos aproximou mesmo foi eu saber que ele, como eu, não tinha amigos. Finalmente, ele me convidou para ir à propriedade de seu pai em Donnithorpe, em Norfolk. Eu aceitei e fiquei lá um mês, durante as férias de verão.

"O velho Trevor era um homem de evidente riqueza e prestígio. Era juiz de paz, além de proprietário de terras. Donnithorpe é um vilarejo ao norte de Langmere, na região de Broads. A casa era antiga e grande, com colunas de carvalho e tijolos aparentes. Uma bela alameda de tílias levava até a entrada. A lagoa era excelente para pescaria e caça de patos selvagens. Havia, na casa, uma biblioteca pequena mas de qualidade, pelo que entendi comprada do antigo morador. Além disso, a cozinheira era boa. Assim, seria preciso ser muito rabugento para não se passar um mês agradável naquela propriedade.

"O velho Trevor era viúvo, e meu amigo, seu único filho. Ele tinha uma filha, mas soube que ela morreu de difteria numa visita a Birmingham. O pai era um sujeito muito interessante. Não era muito culto, mas possuía uma força bruta impressionante, tanto física quanto mental. Quase não lera nenhum livro, mas viajara muito, visitara grande parte do mundo e se lembrava de tudo o que aprendera. Era corpulento, tinha os cabelos grisalhos e o rosto curtido pelo tempo, com olhos azuis tão agudos que eram quase agressivos. Ainda assim tinha reputação de bondoso e caridoso na região, e era conhecido pela suavidade de suas sentenças no tribunal.

"Em determinada noite, pouco depois que cheguei, estávamos tomando vinho do porto após o jantar quando o jovem Trevor começou a falar sobre os hábitos de observação e inferência que eu transformara num sistema, embora ainda não soubesse o papel que representariam na minha vida. O velho, evidentemente, pensou que seu filho estava exagerando na descrição de uma ou duas façanhas que eu desempenhara.

" 'Vamos lá, Sr. Holmes', ele disse, rindo-se a valer. 'Sou um ótimo tipo para se estudar. Se puder deduzir algo de mim...'

" 'Receio que não haja muito', respondi. 'No entanto posso sugerir que o senhor tem estado temeroso de sofrer algum ataque pessoal nos últimos doze meses.'

"O sorriso sumiu dos lábios de meu anfitrião, que me olhou muito surpreso."

" 'Ora, é verdade', ele disse. 'Desde que desfizemos aquela quadrilha de ladrões de caça, eles têm ameaçado nos esfaquear. E *Sir* Edward Hoby realmente foi atacado. Desde então tenho mantido a guarda, embora não saiba como você descobriu isso.'

" 'O senhor tem uma bonita bengala', respondi. 'Pela inscrição, percebi que a possui há menos de um ano. Mas o senhor teve o trabalho de retirar o castão e despejar chumbo derretido no buraco, transformando-a numa arma. Imaginei que não teria feito isso se não temesse algo.'

" 'Que mais?', perguntou, sorrindo.

" 'Lutou muito boxe na juventude.'

" 'Certo mais uma vez. Como descobriu? Meu nariz está um pouco fora do lugar?'

" 'Não', eu disse. 'São suas orelhas. Elas estão achatadas e grossas, o que é característica de boxeadores.'

" 'E o que mais?'

" 'Por seus calos posso dizer que cavou bastante.'

" 'Fiz minha fortuna nas minas de ouro.'

" 'Esteve na Nova Zelândia.'

" 'Certo de novo.'

" 'E no Japão.'

" 'Correto.'

" 'E foi muito amigo de alguém cujas iniciais eram J. A., de quem agora quer se esquecer completamente.'

"O Sr. Trevor ergueu-se lentamente, encarando-me de modo estranho com seus grandes olhos azuis. Então caiu para a frente, desmaiando com o rosto entre as cascas de nozes que jaziam sobre a toalha de mesa."

– Você pode imaginar, Watson, como eu e o filho dele ficamos chocados. Mas o ataque não durou muito. Foi suficiente e abrimos seu colarinho e respingamos água em seu rosto para que ele desse umas duas tossidas e se sentasse.

" 'Ah, garotos!', ele disse, forçando um sorriso. 'Espero não ter assustado vocês. Ainda que eu pareça forte, meu coração tem suas fraquezas, e não precisa muito para me derrubar. Não sei como faz isso, Holmes, mas me parece que todos os detetives, de verdade ou de ficção, são aprendizes perto de você. Isso é o que fará na vida, meu amigo, e pode acreditar na palavra de um homem que conhece o mundo.' "

– E aquela recomendação, Watson, acompanhada da apreciação exagerada da minha habilidade, foi o que me fez pensar, pela primeira vez, que uma profissão poderia surgir daquilo que até então eu considerava apenas um passatempo. Naquele momento, contudo, eu estava muito preocupado com aquele ataque repentino do meu anfitrião para continuar pensando no assunto.

" 'Espero não ter dito nada que lhe perturbe', eu disse ao Sr. Trevor.

" 'Bem, com certeza você tocou num assunto delicado. Posso perguntar como ficou sabendo? E até onde sabe?', ele procurava falar de modo casual, mas o terror se escondia no fundo dos seus olhos.

" 'Na verdade foi muito simples', eu disse. 'Quando arregaçou as mangas para puxar aquele peixe para o barco, vi que as iniciais J. A. haviam sido tatuadas na dobra do cotovelo. As letras ainda estavam visíveis, embora fosse claro, por sua aparência borrada, que o senhor tentara apagá-las. Ficou claro para mim, portanto, que essas iniciais já lhe foram muito próximas, mas que depois o senhor desejou esquecê-las.'

" 'Que olho você tem!', ele exclamou, com um suspiro de alívio. 'É exatamente isso, mas vamos mudar de assunto. De todos os fantasmas, os de amores antigos são os piores. Vamos para a sala de jogos fumar um charuto.'

"Daquele dia em diante, embora permanecesse muito cordial, havia sempre um toque de suspeita no Sr. Trevor em relação a mim. Até seu filho reparou nisso.

" 'Você desconcertou meu pai de tal forma', ele disse, 'que ele nunca mais terá certeza do que você realmente sabe.'

"O velho não queria demonstrar isso, tenho certeza. Mas era algo que o incomodava tanto que a desconfiança aparecia em tudo o que fazia. Afinal, convencido de que minha presença o estava incomodando, resolvi encerrar minha visita. No dia em que tomei essa decisão, contudo, ocorreu um incidente que acabou, mais tarde, se mostrando importante.

"Estávamos os três sentados em cadeiras de jardim, no gramado, tomando um pouco de sol e admirando a vista de Broads, quando a empregada veio dizer que havia um homem na porta e que ele desejava ver o Sr. Trevor.

" 'Qual é o nome dele?', perguntou meu anfitrião.

" 'Ele não disse.'

" 'O que quer, então?'

" 'Ele disse que o senhor o conhece e que quer somente um minuto de sua atenção.'

" 'Traga-o aqui, então.'

"Um instante depois apareceu um sujeito estranho, de aparência servil e andar bamboleante. Vestia uma jaqueta aberta, com mancha de alcatrão na manga, camisa xadrez de vermelho e preto, calças de algodão e botas muito gastas. Seu rosto era magro e bronzeado, ostentando um sorriso perpétuo, que mostrava uma linha irregular de dentes amarelos. Suas mãos enrugadas eram exemplo de mãos de marinheiro. Enquanto ele vinha se arrastando pelo gramado, ouvi o Sr. Trevor pigarrear e, pulando de sua cadeira, correu para a casa. Voltou em seguida, e pude sentir um cheiro forte de conhaque quando passou por mim.

" 'E então, meu amigo?', ele disse ao visitante. 'O que posso fazer por você?'

"O marinheiro ficou olhando para ele, com os olhos franzidos e o mesmo sorriso frouxo no rosto.

" 'Não me reconhece?', ele perguntou.

" 'Ora essa, se não é o Hudson!', disse o Sr. Trevor, num tom surpreso.

" 'Eu mesmo', disse o marujo. 'Ora, faz trinta anos ou mais que o vi pela última vez. E aqui está em sua bela casa, enquanto eu continuo ganhando meu pão no convés de um navio.'

" 'Deixe disso, você verá que eu não me esqueci dos velhos tempos', exclamou o Sr. Trevor e, andando na direção do homem, cochichou-lhe algo. 'Vá até a cozinha', continuou em voz alta, 'e sirva-se de comida e bebida. Não tenha dúvida de que lhe arrumarei um emprego.'

" 'Obrigado, meu senhor', disse o marujo, mexendo no cabelo. 'Acabo de chegar de uma viagem de dois anos a bordo de um navio de oito nós, com pouca tripulação, e preciso de um descanso. Pensei que arrumaria algo com o senhor ou com Beddoes.'

" 'Ah!', exclamou o Sr. Trevor. 'Sabe onde Beddoes está?'

" 'Deus o abençoe, meu senhor, pois sei onde todos os velhos amigos estão', disse o sujeito, com um sorriso sinistro e, em seguida, arrastou-se atrás da empregada até a cozinha. O Sr. Trevor, então, disse-nos qualquer coisa sobre ele e aquele homem terem sido colegas num navio enquanto ia para as minas. Depois, deixou-nos no jardim e entrou na casa. Uma hora depois, quando entramos, ele estava bêbado, jogado sobre o sofá da sala de jantar. Todo o acontecido causou-me péssima impressão, e não fiquei triste de sair de

Donnithorpe no dia seguinte, pois achei que minha presença estava embaraçando meu amigo.

"Tudo isso aconteceu durante o primeiro mês das férias de verão. Voltei para Londres, onde passei sete semanas trabalhando em experiências de química orgânica. Um dia, contudo, com o fim das férias se aproximando à medida que entrávamos no outono, recebi um telegrama de meu amigo implorando-me para retornar a Donnithorpe, dizendo que precisava muito da minha ajuda. É claro que larguei tudo e me pus, mais uma vez, a caminho do norte.

"Ele foi me encontrar na estação com uma charrete e logo vi que os últimos dois meses haviam sido extenuantes para ele. Estava magro e preocupado, tendo perdido sua atitude alegre e calorosa, que era sua marca pessoal.

" 'Papai está morrendo', foram suas primeiras palavras.

" 'Impossível!', exclamei. 'De quê?'

" 'Apoplexia. Choque nervoso. Esteve à beira da morte todo o dia. Duvido que o encontremos vivo.' Como pode imaginar, Watson, fiquei horrorizado com essa novidade inesperada.

" 'Qual foi a causa?', perguntei.

" 'Ah, aí é que está. Suba e conversaremos a respeito no caminho. Lembra-se daquele sujeito que chegou na tarde anterior à sua partida?'

" 'Perfeitamente.'

" 'Sabe quem foi que acolhemos em nossa casa, naquele dia?'

" 'Não faço ideia.'

" 'O Diabo, Holmes!', ele exclamou.

"Simplesmente o encarei, atônito.

" 'Isso mesmo; o próprio Diabo. Não tivemos um minuto de sossego desde então. Papai nunca mais ergueu a cabeça, e agora a vida o está abandonando, com o coração arruinado por esse maldito Hudson.'

" 'Mas que poder ele tem?'

" 'Ah! Isso é o que eu gostaria de saber. Meu bondoso, caridoso e velho pai! Como pode ter caído nas garras desse bandido? Estou feliz que tenha vindo, Holmes. Confio muito no seu juízo e sei que me aconselhará da melhor forma possível.'

"Corríamos pela estrada lisa e branca, com a planície de Broads se estendendo à nossa frente, brilhando sob o sol vermelho do entardecer. Além do bosque à nossa esquerda, já podia ver as chaminés altas e o mastro da bandeira da casa dos Trevors.

" 'Meu pai empregou o marujo como jardineiro', disse meu amigo, 'e depois, como isso não lhe foi o bastante, promoveu-o a mordomo. A casa parecia estar à sua disposição. Ele vadiava o dia inteiro, fazendo o que quisesse. As empregadas reclamavam de seu hábito beberrão e de seu linguajar grosseiro. Papai aumentou o salário de todos para compensar o aborrecimento. Ele pegava o barco e a melhor arma de papai e saía para caçar. E tudo isso com tal atrevimento e zombaria estampados na cara que só não o esmurrei por ser velho. Sabe, Holmes, precisei de muito esforço para me controlar todo esse tempo, e agora me pergunto se não teria sido mais sábio ter me soltado. Bem, as coisas vão de mal a pior conosco, e esse animal, Hudson, torna-se cada vez mais intrometido. Um dia, ao vê-lo dar uma resposta malcriada a meu pai, peguei-o pelos ombros e o pus para fora da sala. Ele saiu com o rosto muito pálido, com olhos tão cheios de veneno que soltavam mais ameaças do que sua boca conseguiria. Não sei o que se passou entre ele e meu pobre pai depois disso, mas este veio me perguntar se eu não poderia me desculpar com Hudson. Recusei-me, como pode imaginar, e perguntei a papai por que ele permitia que aquele infeliz tomasse tantas liberdades com ele e com a casa.'

" 'Ah, meu filho', ele disse. 'É fácil falar, mas você não conhece minha situação. Em breve saberá de tudo, Victor. Farei com que saiba, aconteça o que acontecer. Você não quereria mal a seu pai, não é?'

" 'Ele estava muito emocionado e se trancou no escritório durante todo o dia, onde ficou escrevendo febrilmente, como pude observar pela janela.

" 'Naquela noite aconteceu o que me pareceu um grande alívio. Hudson nos disse que iria embora. Ele entrou na sala de jantar, onde estávamos após comer, e anunciou suas intenções com a voz grossa de bêbado.

" 'Já me enchi de Norfolk', ele disse. 'Vou procurar o Sr. Beddoes, em Hampshire. Ele ficará tão feliz em me ver quanto você, imagino.'

" 'Espero que não leve mágoas desta casa, Hudson', disse papai, com uma brandura que fez meu sangue ferver.

" 'Ainda não me pediram desculpas', ele disse, emburrado, olhando-me com o canto do olho.

" 'Victor, reconhece que tratou mal nosso valioso amigo?', perguntou papai, virando-se para mim.

" 'Pelo contrário', respondi, 'acho que demonstramos paciência extraordinária para com ele.'

" 'Ah, você acha?', Hudson rosnou. 'Muito bem, meu amigo. Vamos ver isso!'

" 'Ele se arrastou para fora da sala, saindo da casa meia hora depois, deixando papai num estado de nervos terrível. Noite após noite ouvi-o andando, sem conseguir dormir, em seu quarto. Já estava recuperando a confiança quando um golpe, afinal, o atingiu.

" 'Como?', perguntei, ansioso.

" 'Da forma mais extraordinária. Chegou uma carta para ele, ontem à tarde, com o carimbo de Fordingbridge. Meu pai a leu, levou as duas mãos à cabeça e começou a correr em círculos pela sala, parecendo ter perdido a razão. Quando, finalmente, consegui fazê-lo se sentar no sofá, vi que seus olhos e boca estavam repuxados para um lado, e percebi que ele tivera um derrame. O Dr. Fordham veio imediatamente e o colocamos na cama. A paralisia se espalhou e ele não dá sinais de recobrar a consciência. Por isso acho que não o encontraremos vivo.

" 'Conseguiu me assustar, Trevor!', exclamei. 'O que havia nessa carta que pudesse provocar reação tão terrível?'

" 'Nada. Essa é a parte inexplicável. A mensagem era absurda. Ah, meu Deus! Era o que eu temia!'

"Enquanto ele falava tínhamos entrado na alameda que levava à casa. Todas as cortinas haviam sido fechadas. Enquanto corríamos para a porta, o rosto do meu amigo se transfigurou de pesar. Um senhor, vestido de preto, estava saindo da casa.

" 'Quando aconteceu?', perguntou Trevor.

" 'Logo depois que você saiu.'

" 'Ele recobrou a consciência?'

" 'Um instante antes do final.'

" 'Alguma mensagem para mim?'

" 'Apenas que os documentos estão na gaveta de trás do armário japonês.'

"Meu amigo subiu com o médico até o quarto do morto, enquanto eu permaneci no escritório, revirando os acontecimentos em minha cabeça, sentindo-me triste como nunca. Qual era o passado desse Trevor: boxeador, viajante, minerador de ouro. Como aconteceu de ele se colocar sob o poder daquele marujo? Por que, também, ele desmaiou à menção das iniciais semiapagadas em seu braço e morreu de medo ao receber uma carta de Fordingbridge? Então me lembrei que Fordingbridge fica em Hampshire e que esse Sr. Beddoes, a quem o marujo fora visitar e, provavelmente, chantagear, também morava em Hampshire. A carta, portanto, poderia ser de Hudson, o marujo, dizendo que revelara o segredo que parecia existir, ou poderia ser de Beddoes, avisando o velho amigo que a traição era iminente. Até ali parecia claro. Entretanto como a carta poderia ser descrita como absurda por Victor? Talvez ele não tenha sabido interpretá-la. Se fosse esse o caso, ela deveria estar cifrada, de modo que signifique uma coisa para quem conhece o código e outra para as demais pessoas.

Precisava ver aquela carta. Estava confiante de que, se houvesse um significado oculto nela, poderia decifrá-la. Fiquei uma hora no escuro refletindo sobre o assunto, até que uma empregada trouxe uma luminária. Logo atrás dela veio meu amigo Victor, pálido mas controlado, trazendo estes papéis que agora tenho sobre as pernas. Ele se sentou à minha frente, trouxe a luminária para mais perto e me entregou um bilhete curto, rabiscado, como pode ver, em papel de embrulho grosseiro."

"A provisão de caça para Londres acabou", informava o bilhete. "O guarda Hudson, pelo visto, contou mas não tudo. Que ele fuja, faz sentido. Para podermos tentar salvar em tempo sua faisoa com vida."

"Confesso que fiquei tão confuso quanto você, Watson, quando leu a mensagem pela primeira vez. Então reli-a cuidadosamente. Pareceu-me evidente que havia algum duplo sentido naquela estranha combinação de palavras. Ou será que havia algum significado pré-combinado em expressões como 'provisão de caça' e 'faisoa'? Se fosse assim, o sentido seria arbitrário, não podendo ser deduzido. De qualquer modo, o assunto da mensagem era o que eu adivinhara, e a presença da palavra 'Hudson' indicava que o bilhete era de Beddoes e não do marinheiro. Tentei ler de trás para a frente, mas a combinação 'vida com faisoa' não foi encorajadora. Tentei pular palavras, mas nem 'a de para', nem 'provisão caça Londres' pareciam fazer qualquer sentido. Então, logo percebi qual era a chave do enigma. Vi que cada terceira palavra, começando pela primeira do bilhete, formava uma mensagem que bem poderia ter levado o velho Trevor ao desespero.

Era uma mensagem concisa e forte, a que li para meu amigo:

"A caça acabou. Hudson contou tudo. Fuja para salvar sua vida."

"Victor Trevor escondeu o rosto nas mãos trêmulas.

" 'Deve ser isso, eu suponho', ele disse. 'É pior que a morte, pois significa desgraça, além de tudo. Mas qual o significado de 'provisão de caça' e 'faisoa'?

" 'Na mensagem essas expressões nada significam, mas podem nos ajudar a descobrir o remetente. Veja que ele começou escrevendo 'A... caça... acabou', e assim por diante. Depois disso, usou quaisquer duas palavras para preencher os espaços. Naturalmente, usou as primeiras palavras que lhe vieram à mente. Mas há tanta referência a caça que, ou ele é um aficionado nesse esporte ou em criação. Sabe alguma coisa desse Beddoes?

" 'Ora, agora que você o mencionou', ele disse, 'lembro-me de que papai costumava ser convidado por ele para caçar em sua propriedade todos os outonos.'

" 'Então é ele mesmo o remetente deste bilhete', eu disse. 'Só nos resta descobrir qual segredo era esse que fez com que o marinheiro Hudson tivesse tanto poder sobre dois homens tão ricos e respeitados.'

" 'Ah, Holmes! Receio que se trate de pecado e vergonha!', exclamou meu amigo. 'Mas não terei segredos com você. Esse depoimento foi feito por meu pai quando percebeu que o perigo personificado em Hudson se tornava iminente. Encontrei-o no armário japonês, conforme ele contou ao médico. Pegue e leia-o, pois não tenho força nem coragem de fazê-lo.' "

– Esses são os papéis que ele me entregou, Watson. Vou ler para você, da mesma forma que o fiz naquele escritório, naquela noite triste. Estão identificados por fora, como pode ver:

"Alguns detalhes da viagem do barco *Gloria Scott*, desde sua partida de Falmouth, em 8 de outubro de 1855, até sua destruição, na lat. N 15° 20', W 25° 14', em 6 de novembro." Está escrito na forma de uma carta, e diz o seguinte:

"Meu querido filho,

Agora que a desgraça iminente começa a nublar os anos finais da minha vida, posso lhe escrever com toda a sinceridade e honestidade. Não é o medo da lei, nem a perspectiva de perder minha posição na comarca ou de me rebaixar perante os olhos de todos que me afligem o coração. Meu medo é envergonhar você, que me ama e, espero, raramente teve motivos para não respeitar seu pai. No entanto, se o golpe que há tempos está suspenso sobre minha cabeça realmente cair, desejo que saiba, por mim, por meio desta carta, o tamanho da minha culpa. Por outro lado, se tudo correr bem (graça que o bom e todo-poderoso Deus pode me conceder!) e se por qualquer motivo este documento não for destruído e cair em suas mãos, peço-lhe, por tudo o que é mais sagrado, pela memória de sua querida mãe e pelo amor que sempre houve entre nós, jogue-o no fogo e nunca mais pense nele.

Se, então, seus olhos estiverem lendo a partir desta linha, isso significa que fui exposto e levado de minha casa ou, como é mais provável, pois sabe que meu coração é fraco, estarei morto com a boca selada para sempre. Em qualquer caso, não há por que continuar o segredo, e tudo o que digo doravante é a mais pura verdade. Juro isto da mesma forma que espero misericórdia.

Meu nome, caro rapaz, não é Trevor. Chamava-me James Armitage na juventude, e agora você pode compreender o choque que levei quando seu colega de faculdade disse palavras que pareciam demonstrar que ele deduzira meu segredo. Foi como Armitage que eu entrei num banco londrino e como Armitage fui condenado por quebrar as leis do meu país e sentenciado ao degredo. Não me julgue muito mal, meu rapaz. Eu tinha de pagar uma dívida de honra, como dizem, e usei dinheiro que não era meu para fazê-lo, na certeza de poder repô-lo antes que dessem por sua falta. O azar, porém, me perseguia. O dinheiro que eu esperava nunca veio para as minhas mãos e um exame antecipado das contas expôs meu desfalque. O caso poderia ter sido tratado com mais brandura, mas as leis, há trinta anos, eram administradas com mais severidade que agora. Assim foi que no vigésimo terceiro aniversário eu me achei acorrentado com outros trinta e sete condenados no convés do navio *Gloria Scott*, com destino à Austrália.

Foi no ano de 1855, quando a Guerra da Crimeia estava no seu auge. Os antigos navios-prisão eram usados para o transporte de tropas no mar Negro. Portanto, o governo foi obrigado a usar barcos menores e menos adequados para enviar seus prisioneiros ao degredo. O *Gloria Scott* fora empregado no comércio de chá com a China, mas estava obsoleto, era pesado e os novos veleiros o deixavam para trás com facilidade. Era uma nave de quinhentas toneladas e, além dos trinta e oito presos, carregava vinte e seis tripulantes, dezoito soldados, o capitão, três oficiais, o médico, o capelão e quatro carcereiros. Somando tudo, quase cem almas estavam a bordo quando zarpamos de Falmouth.

As divisórias entre as celas dos detentos, em vez de serem de carvalho grosso, como é costume nos navios de condenados, eram finas e frágeis. O homem ao meu lado já me chamara a atenção quando nos levaram ao cais. Era um jovem de rosto claro e imberbe, com nariz comprido e fino e mandíbulas poderosas. Mantinha a cabeça orgulhosamente erguida e andava com certa petulância acima de todos, pois era muito alto. Acho que nenhum dos outros chegava a seu ombro. Acredito que ele media mais de um metro e noventa. Era estranho ver, entre tantos rostos tristes e desanimados, alguém cheio de energia e determinação. Era reconfortante observá-lo. Fiquei feliz de estar ao lado dele e mais feliz ainda quando, na calada da noite, ouvi-o sussurrar, descobrindo que fizera uma abertura na tábua que nos separava.

'Ei, colega!', ele disse. 'Como se chama e por que está aqui?'

Respondi-lhe e perguntei com quem estava falando.

'Sou Jack Prendergast', ele disse, 'e, por Deus, vai aprender a abençoar meu nome antes de nos separarmos.'

Lembrei-me de ter ouvido a respeito de seu caso, pois provocara grande sensação em todo o país, algum tempo antes da minha prisão.

Era um homem de boa família e de grande capacidade. Contudo tinha hábitos terríveis e, usando um elaborado sistema de fraude, tirou grandes quantias de dinheiro dos maiores comerciantes de Londres.

'Ah! Então se lembra de mim?', ele perguntou, orgulhoso.

'Lembro-me muito bem.'

'Então talvez se lembre de algo engraçado a respeito?'

'O quê?'

'Eu consegui umas duzentas e cinquenta mil libras, não foi?'

'Foi o que eu soube.'

'Mas não conseguiram recuperar o dinheiro, certo?'

'Não.'

'Bem, onde acha que está?'

'Não faço ideia', respondi.

'Na minha mão!', exclamou. 'Por Deus, tenho mais libras do que você tem cabelo. E quem tem dinheiro, meu filho, e sabe se virar, consegue fazer *qualquer coisa!* Agora, você não acha que um homem que pode tudo vai ficar vestindo esta roupa de presidiário, sentado nesta prisão fedorenta, infestada de ratos e insetos, que é este costeiro chinês? Não, senhor! Um homem como eu tem de saber cuidar de si e de seus amigos. Pode apostar nisso! Confie nele, e pode beijar a Bíblia que ele tira você daqui!'

Esse era seu estilo de falar. A princípio não achei nada demais, mas logo depois, tendo me testado e feito jurar solenemente, deixou-me saber que havia um plano para tomar o comando do navio. Doze dos prisioneiros já estavam acertados antes mesmo de embarcar. Prendergast era o líder, e o dinheiro, sua fonte de poder.

'Tenho um parceiro', ele disse. 'Um homem bom, unha e carne comigo. Ele está com o dinheiro, e onde você acha que ele está agora? Ora, ele é o capelão do navio! Nada menos que o capelão! Ele embarcou com os documentos em ordem e tanto dinheiro que dá para comprar tudo e todos! A tripulação está com ele, de corpo e alma. Ele os comprou no atacado, com desconto por pagamento à vista, em dinheiro. Assinaram com ele antes mesmo de assinarem com o governo. Também comprou dois carcereiros e Mercer, o segundo oficial. Teria comprado o capitão, também, se valesse a pena.'

'O que vamos fazer, então?', perguntei.

'O que acha?', ele disse. 'Vamos deixar os casacos desses soldados mais vermelhos do que o alfaiate os fez.'

'Mas eles estão armados!'

'E nós também estaremos, meu garoto. Cada um de nós terá um par de pistolas à disposição e, se não conseguirmos tomar conta deste navio, é melhor que nos mandem logo para uma escola de moças! Fale com seu colega da esquerda, esta noite, e veja se é confiável.'

Foi o que eu fiz e descobri que meu outro vizinho era jovem como eu e seu crime, falsificação. Seu nome era Evans, que depois trocou, como eu, e hoje é um homem rico e próspero vivendo no sul da Inglaterra. Estava totalmente disposto a se juntar à conspiração, pois esse era o único meio de nos salvarmos.

Antes que cruzássemos a baía, somente dois prisioneiros não estavam no esquema. Um era fraco da cabeça, não sendo confiável, portanto. O outro estava com icterícia, de modo que não nos seria útil.

Realmente, não havia nada que pudesse evitar a tomada do navio. A tripulação só tinha bandidos, especialmente escolhidos para aquela viagem. O falso capelão veio às nossas celas, teoricamente para nos aconselhar, carregando uma bolsa supostamente cheia de folhetos religiosos. Ele veio tantas vezes que no terceiro dia cada um de nós tinha uma lixa, duas pistolas, uma libra de pólvora e vinte balas. Dois dos carcereiros eram homens de Prendergast e o segundo oficial, seu braço direito. O capitão, os outros dois carcereiros, o tenente Martin, seus dezoito soldados e o médico era tudo o que tínhamos contra nós. Mesmo assim, estávamos determinados a não correr riscos e combinamos fazer o ataque à noite. Entretanto ele aconteceu antes do que esperávamos.

Uma noite, na terceira semana depois da partida, o médico veio ver um dos prisioneiros que ficara doente. Ao colocar a mão sob o catre, o doutor sentiu a pistola. Se tivesse ficado quieto, poderia ter frustrado toda a conspiração. Mas era um sujeitinho nervoso, que soltou um grito de surpresa e ficou tão pálido que o prisioneiro percebeu que ele compreendera o que estava sendo armado e pulou sobre o doutor, imobilizando-o e pondo-lhe uma mordaça, antes que pudesse dar o alarme. Como havia destrancado a porta que levava ao convés superior, logo estávamos todos lá. Os dois sentinelas foram abatidos a tiros, da mesma forma que um cabo do Exército, que veio correndo ver o que se passava. Havia dois soldados à porta da sala dos oficiais, mas pareceu que seus mosquetes não estavam carregados, pois não dispararam, e foram mortos enquanto tentavam calar as baionetas. Então corremos para a cabina do capitão, mas, ao abrirmos a porta, ouvimos um estampido lá dentro. Lá estava ele com a cabeça caída sobre o mapa do Atlântico, que fora pregado sobre a mesa. O capelão estava a seu lado, com uma pistola fumegante na mão. Os dois carcereiros foram dominados pela tripulação e tudo parecia sob controle.

A sala dos oficiais ficava ao lado daquela cabina. Corremos para lá e nos jogamos nos sofás, todos falando ao mesmo tempo, pois estávamos loucos de alegria com o sentimento de liberdade. Na sala havia armários que Wilson, o falso capelão, abriu, descobrindo, assim, uma dúzia de garrafas de licor. Quebramos os gargalos e servimos o líquido em copos. Estávamos bebendo e brindando quando mosquetes rugiram em nossos ouvidos. A sala ficou tão enfumaçada que era impossível enxergar. Quando a fumaça se dissipou, o lugar estava um horror. Wilson e mais oito rapazes estavam caídos, se retorcendo um por cima do outro no chão. Sangue e licor se misturaram, o que me faz enjoar, ainda hoje, quando me lembro da cena. Ficamos tão assustados pela situação que, se não fosse Prendergast, teríamos abandonado a rebelião. Ele saiu em disparada pela porta, como um touro, e todos o seguimos. Corremos para fora e encontramos, no tombadilho, o tenente e dez de seus homens. As claraboias da sala dos oficiais estavam entreabertas e, por ali, os soldados haviam atirado em nós. Chegamos neles antes que pudessem recarregar. Mesmo assim resistiram bravamente, mas a vantagem era nossa e, em cinco minutos, estava tudo acabado. Meu Deus! Em que matadouro fora transformado aquele navio! Prendergast parecia um diabo raivoso. Ele pegava os soldados como se fossem crianças e os jogava no mar, estivessem vivos ou mortos. Um sargento, que estava terrivelmente ferido, continuou nadando por um tempo surpreendentemente longo, até que alguém lhe deu um tiro de misericórdia na cabeça. Quando a luta terminou já não tínhamos inimigos, a não ser os carcereiros, os oficiais e o médico.

E foi por causa deles que começou a discussão. Muitos de nós estávamos felizes por recuperar a liberdade e não queríamos carregar o peso de homicídios. Uma coisa era matar soldados armados. Outra era ficar ali, vendo homens serem mortos a sangue-frio. Oito de nós – cinco condenados e três marinheiros – disseram não querer fazer parte daquilo. Contudo não havia o que convencesse Prendergast e os que estavam com ele, pois dizia que nossa única chance de escapar em segurança era fazer um serviço limpo, sem deixar testemunhas. Chegou no ponto em que quase tivemos o mesmo destino dos prisioneiros, mas no fim ele disse que, se desejássemos, podíamos pegar um bote e partir. Aceitamos a oferta, pois estávamos cheios daquela sangria e percebemos que a coisa ainda iria piorar. Recebemos uniformes de marinheiro, um barril de água, uma barrica de carne-seca e outra de biscoitos e uma bússola. Prendergast nos jogou um mapa, disse-nos que éramos náufragos de um navio que afundara na latitude 15°N e longitude 25°W, cortou a corda e nos liberou.

E agora entro na parte mais surpreendente da minha história, filho querido. Os marujos haviam recolhido as velas do navio durante a rebelião, mas, logo depois que saímos com o bote, içaram-nas novamente. Como uma brisa leve estava soprando, logo o barco começou a se distanciar de nós. Nosso bote permaneceu ao sabor das ondas, enquanto Evans e eu, que éramos os mais instruídos, estudávamos nossa posição no mapa para decidirmos para que costa iríamos. Estávamos em dúvida, pois as ilhas do Cabo Verde estavam a quinhentas milhas ao norte, enquanto a costa africana permanecia a setecentas milhas a leste. Como o vento vinha do norte, decidimos que o melhor seria rumar para Serra Leoa e viramos a proa naquela direção, sendo que, naquele momento, só víamos os mastros do *Gloria Scott* a estibordo. De repente, enquanto olhávamos para ele, vimos uma densa nuvem negra ser lançada do navio, que permaneceu suspensa no céu como uma árvore monstruosa. Alguns segundos depois ouvimos o estrondo da explosão e, quando a fumaça começou a se dissipar, não havia mais sinal do *Gloria Scott*. Então mudamos novamente a direção do bote e remamos com toda a força para onde aquela nuvem tenebrosa, que sumia aos poucos, marcava o local da catástrofe.

Demoramos uma hora para chegar até lá e tememos ser tarde demais para salvar alguém. Pedaços de um bote e de algumas caixas marcavam onde o barco afundara, mas não havia sinal de sobreviventes. Já estávamos nos afastando, desanimados, quando ouvimos um grito de socorro e vimos, a distância, um homem agarrado a destroços. Quando o puxamos a bordo, soubemos que era um jovem marujo chamado Hudson, tão queimado e exausto que só conseguiu nos contar o que ocorrera na manhã seguinte.

Parece que, após nossa partida, Prendergast e seus homens continuaram com a execução dos cinco prisioneiros: os dois carcereiros foram fuzilados e jogados ao mar, assim como o terceiro oficial. Então Prendergast desceu ao convés inferior e degolou, com suas próprias mãos, o infeliz médico. Só restou o primeiro oficial, que era homem ativo e corajoso. Ao ver o condenado se aproximando, com a faca ensanguentada na mão, livrou-se da corda que o amarrava – que antes, de alguma forma, conseguira afrouxar – e fugiu para o paiol.

Cerca de doze condenados correram atrás dele, de pistolas nas mãos. Encontraram-no com uma caixa de fósforos sentado ao lado de um barril de pólvora aberto. Havia outros noventa e nove embarcados no navio. O oficial jurou que explodiria com todo mundo se tentassem colocar as mãos nele. Logo depois ocorreu a explosão, mas Hudson acredita que ela foi causada por um tiro disparado por algum dos condenados, e não pelo fósforo do oficial. Seja como for, aquele foi o fim do *Gloria Scott* e dos bandidos que o controlavam.

Em poucas palavras, meu filho, essa é a terrível história em que estive envolvido. No dia seguinte fomos recolhidos pelo navio *Hotspur*, com destino à Austrália. Não foi difícil fazer o capitão acreditar que éramos os sobreviventes de um navio de passageiros que afundara. O *Gloria Scott* foi dado pelo Almirantado como perdido no mar e nunca se falou nada sobre seu verdadeiro destino. Depois de uma excelente viagem, o *Hotspur* aportou em Sydney, onde Evans e eu trocamos de nomes e fomos para as minas onde, entre multidões provenientes de todas as nações, não encontramos dificuldades em esconder nossa antiga identidade.

Não preciso contar o resto. Prosperamos, viajamos e voltamos colonos ricos para a Inglaterra, onde compramos propriedades rurais. Levamos nossa vida tranquila e produtiva durante vinte anos, esperando que o passado estivesse enterrado para sempre. Imagine, então, o que senti quando reconheci o homem que foi recolhido dentre os destroços! De alguma forma ele nos localizara e decidira viver à custa de nossos temores. Agora você pode entender por que eu fiz o possível para aturá-lo e talvez compreenda o medo que me toma, no momento em que ele procura sua outra vítima cheio de ameaças."

Abaixo estava escrito, com letra tão trêmula que era quase ilegível:

"Beddoes escreveu em código para dizer que H. contou tudo. Bom Deus, tenha piedade de nossas almas!"

– Essa foi a história que li, naquela noite, para o jovem Trevor. E acho, Watson, que naquelas circunstâncias foi algo bem dramático. Meu bom amigo ficou desiludido e, então, partiu para plantar chá em Terai, na Índia, onde sei que está se dando muito bem. Quanto ao marinheiro e Beddoes, nunca mais se ouviu falar de nenhum deles, depois que aquela carta cifrada foi recebida. Os dois desapareceram completamente. Nenhuma queixa foi formalizada na polícia. Assim, parece que Beddoes, em sua carta, confundiu uma ameaça com a denúncia, que não ocorreu. Hudson fora visto à espreita, de modo que a polícia acredita que ele deu fim em Beddoes e depois fugiu. De meu lado, acredito que a verdade é exatamente outra. Creio que é mais provável que Beddoes, levado ao desespero, e acreditando já ter sido entregue à polícia, vingou-se de Hudson e fugiu do país com todo o dinheiro que conseguiu levantar. Bem, esses são os fatos do caso, doutor, e, se achar que cabem em sua coleção, estão ao seu inteiro dispor.

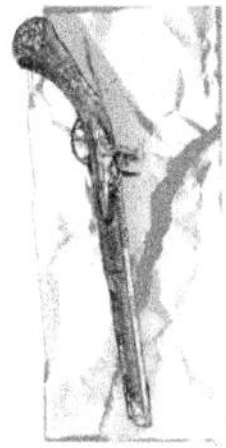

O Corcunda

Numa noite de verão, alguns meses depois do meu casamento, eu estava sentado sozinho, fumando cachimbo e atento à leitura de um romance, após um dia de trabalho exaustivo. Minha mulher já subira para o quarto e o som da porta do vestíbulo sendo trancada me avisara que as empregadas também haviam se recolhido. Eu me levantei, e batia as cinzas do cachimbo quando ouvi a campainha soar.

Olhei para o relógio. Faltavam quinze para a meia-noite. Não podia ser uma visita àquela hora. Era, com certeza, um paciente, o que significava trabalho por toda a noite. De cara fechada fui até o vestíbulo e abri a porta. Para minha surpresa, era Sherlock Holmes.

– Ah, Watson – ele disse –, esperava que não fosse muito tarde para encontrá-lo acordado.

– Meu caro amigo, por favor, entre.

– Você parece surpreso e, não é de admirar, aliviado. Hum! Ainda fuma a mistura Arcadia, dos tempos de solteiro. Não há como confundir essa cinza fofa no seu paletó. É fácil dizer que você esteve no Exército, Watson. Nunca passará por completo civil enquanto mantiver esse hábito de carregar o lenço na manga. Consegue me aguentar por esta noite?

– Com prazer.

– Você me disse que tinha um quarto para visitas e posso ver que não está ocupado, pois o porta-chapéus está vazio.

– Ficarei contente se você ficar.

– Obrigado. Vou usar um cabide vazio. Lamento ver que esteve com a casa em obras. Esses operários são terríveis. Não foi o esgoto, espero.

– Não, foi o gás.

– Ah! O sujeito deixou duas marquinhas de seus sapatos no linóleo, bem onde bate a luz. Não, obrigado, já jantei em Waterloo, mas, com prazer, fumaria com você.

Passei-lhe minha tabaqueira e ele se sentou à minha frente, fumando em silêncio durante algum tempo. Eu sabia que nada, a não ser algo muito importante, faria com que ele aparecesse a tal hora. Então, esperei pacientemente até que ele decidisse falar do assunto.

– Vejo que esteve trabalhando muito hoje – ele disse, olhando-me firmemente.

– É verdade, tive um dia cheio – respondi. – Pode parecer tolo para você – acrescentei –, mas não sei como deduziu isso.

Holmes riu.

– Tenho a vantagem de conhecer seus hábitos, meu caro Watson – ele respondeu. – Quando tem poucos pacientes para visitar vai a pé, mas quando tem muitos usa uma carruagem. Percebi que seus sapatos estão usados mas não sujos. Portanto, sei que esteve ocupado o bastante para usar a carruagem.

– Excelente! – exclamei.

– Elementar – ele disse. – Este é um dos exemplos em que o lógico produz efeito notável na pessoa que o observa, justamente porque esta não reparou no detalhe que é a base da dedução. Pode-se dizer o mesmo, meu caro amigo, sobre o efeito que alguns de seus escritos causam no leitor, pois você retém alguns fatos do problema que são essenciais à sua compreensão. No momento estou na mesma situação de seus leitores, pois tenho diversas pistas para um dos casos mais estranhos que já confundiram a mente de um homem, mas me faltam ainda uma ou duas necessárias para que eu complete minha teoria. No entanto logo as terei, Watson, logo as terei!

Seus olhos brilharam e um leve rubor assomou-lhe às faces. Por um instante, caíra o véu de frieza que ele vestia. Apenas por um instante, porém, pois, quando olhei novamente para ele, já havia se recomposto, assumindo a expressão que muitos dizem ser mais de máquina que de homem.

– O problema apresenta características interessantes – ele disse. – Posso dizer, até, que as características são excepcionalmente interessantes. Já estudei o assunto e estou, acredito, perto de solucioná-lo. Se puder me acompanhar nesse último estágio, estará me prestando um grande auxílio.

– Gostaria muito de ajudar.

– Pode ir comigo até Aldershot, amanhã?

– Não tenho dúvida de que Jackson pode atender meus clientes.

– Ótimo. Gostaria de pegar o trem das onze e dez, em Waterloo.

– Isso me daria tempo.

– Então, se não estiver com muito sono, vou lhe contar em linhas gerais o que aconteceu até aqui e o que falta ser feito.

– Estava com sono antes de você chegar. Agora estou bem acordado.

– Vou resumir a história ao máximo sem omitir os fatos vitais ao caso. É possível que você já tenha lido algo a respeito. Estou investigando o suposto assassinato do Coronel Barclay, do Malva Real, em Aldershot.

– Não soube de nada a respeito.

– Ainda não atraiu muita atenção, a não ser na região. Os acontecimentos foram há apenas dois dias. Resumidamente, o que aconteceu foi o seguinte:

"O Malva Real é, como você sabe, um dos mais famosos regimentos irlandeses do Exército britânico. Saiu-se maravilhosamente tanto na Crimeia como no Motim, e desde então tem se destacado em todas as ocasiões possíveis. Até segunda-feira à noite era comandado por James Barclay, um valoroso veterano, que começou como soldado raso e foi promovido a oficial na época do Motim, chegando ao comando do regimento em que começou carregando mosquetes.

"O Coronel Barclay casou-se no tempo em que era sargento. Sua mulher, cujo nome de solteira era Nancy Devoy, era filha de um antigo sargento porta-bandeira do mesmo regimento. Houve, portanto, como se pode imaginar, certo atrito social quando o jovem casal (pois ainda eram jovens) se viu no novo ambiente. Parece, contudo, que logo se adaptaram. A Sra. Barclay, pelo que soube, era tão popular entre as mulheres dos oficiais quanto o marido entre seus colegas. Devo acrescentar que era uma mulher muito bonita e que mesmo agora, após permanecer casada por mais de trinta anos, conserva ótima aparência.

"A vida em família do Coronel Barclay parece ter sido constantemente feliz. O Major Murphy, que me forneceu a maioria dos fatos, garantiu que nunca soube de qualquer desentendimento entre o casal. Contudo, de modo geral, ele acha que a devoção de Barclay por sua mulher era maior do que a devoção dela pelo marido. O coronel ficava incomodado se permanecesse afastado dela ainda que por um dia. Ela, por outro lado, embora amorosa e fiel, impunha menos seu afeto. De qualquer forma, eram tidos, no regimento, como modelo de casal de meia-idade. Nada havia em seu relacionamento que preparasse as pessoas para a tragédia que se seguiria.

"O Coronel Barclay parecia ter algumas singularidades em seu caráter. Era um velho soldado, jovial e arrojado, mas havia ocasiões em que parecia capaz de se tornar violento e vingativo. Contudo parece que nunca voltou esse lado de sua natureza para a mulher. Outra coisa que impressionava o Major Murphy, e três em cada cinco dos outros oficiais com que conversei, era a depressão que de tempos em tempos tomava conta de Barclay. Como o major exemplificou, em ocasiões em que o coronel estava se divertindo com os outros, parecia que uma mão invisível vinha e retirava-lhe o sorriso do rosto, permanecendo durante dias mergulhado na mais profunda tristeza. Isso e uma certa superstição eram os únicos traços estranhos de personalidade que seus colegas oficiais observaram. Quanto à superstição, ele não gostava de ficar sozinho, particularmente depois que escurecia. Essa característica infantil, num homem em todo o resto másculo, frequentemente dava margem a comentários e suposições.

"O primeiro batalhão do Malva Real (o velho 117º) está estacionado há anos em Aldershot. Os oficiais casados vivem fora do quartel, e o coronel ocupou, durante todo o tempo em que esteve lá, uma propriedade chamada Lachine, de oitocentos metros do Campo Norte. A casa fica num terreno vasto, mas seu lado oeste fica a não mais de trinta metros da estrada. O conjunto de funcionários é formado pelo cocheiro e duas empregadas. Eles, mais o patrão e a patroa, eram os únicos moradores de Lachine, pois os Barclays não tinham filhos nem abrigavam visitantes.

"Agora, os acontecimentos em Lachine entre nove e dez da noite da última segunda.

"A Sra. Barclay é, pelo que se sabe, católica romana e se dedicou ao estabelecimento da Liga de São Jorge que, formada em conjunto com a capela da Rua Watt, tinha como missão fornecer roupas de segunda mão aos pobres. Havia uma reunião da Liga marcada para aquela noite, às oito horas, e a Sra. Barclay jantou às pressas para nela comparecer. Ao sair de casa, foi ouvida pelo cocheiro fazendo alguma observação trivial ao marido, garantindo-lhe que não demoraria. Então ela foi buscar a Srta. Morrison, uma jovem que mora na propriedade ao lado, e as duas foram juntas para a reunião. Esta durou quarenta minutos e, às nove e quinze, a Sra. Barclay estava de volta a casa, tendo deixado a Srta. Morrison no caminho.

"Há uma sala, em Lachine, que usavam para tomar o café da manhã. Ela fica de frente para a estrada e tem uma grande porta de vidro que se abre para o gramado. Este tem trinta metros de comprimento e é separado da estrada por uma mureta com um gradil. Foi nesse quarto que a Sra. Barclay entrou ao voltar. A cortina não estava fechada, pois o quarto raramente era usado à tarde. De qualquer modo, a Sra. Barclay acendeu a lâmpada e tocou a campainha, pedindo a Jane Stewart, a empregada, para lhe trazer uma xícara de chá, o que não era habitual. O coronel, que estava na sala de jantar, ouviu que a mulher retornara e foi ter com ela na saleta. O cocheiro viu-o passar pelo vestíbulo e entrar. Ele nunca mais foi visto com vida.

"O chá foi trazido em dez minutos, mas a empregada, ao se aproximar da porta, ficou surpresa ao ouvir as vozes do patrão e da patroa furiosamente alteradas. Ela bateu na porta, sem ter resposta, e até tentou abri-la, mas estava trancada por dentro. Naturalmente, ela desceu para contar o que se passava à cozinheira. As duas mulheres, mais o cocheiro, foram até o vestíbulo e escutaram a discussão, ainda quente. Os três concordam que só ouviram duas vozes, do coronel e de sua mulher. As observações do oficial eram abafadas e espasmódicas, de modo que nenhuma delas foi ouvida pelos empregados. Por outro lado, os comentários da senhora eram violentos e, quando elevava a voz, podiam ser claramente escutados. 'Seu covarde!', ela repetiu diversas vezes. 'O que vamos fazer agora? O que vamos fazer agora? Devolva minha vida! Nunca mais vou respirar o mesmo ar que você. Seu covarde! Seu covarde!' Esses foram alguns pedaços da conversa, que terminou com um grito repentino do homem, uma batida e um grito penetrante da mulher. Convencido de que alguma tragédia acontecera, o cocheiro correu para a porta, tentando forçá-la enquanto novos gritos vinham lá de dentro. Contudo ele não conseguiu abrir a porta, e as empregadas estavam muito amedrontadas para poderem lhe ajudar. Entretanto ele pensou rápido, saiu pela porta da frente e contornou a casa pelo gramado, para onde a grande janela francesa daquele aposento se abria. Uma folha da janela estava aberta, o que, pelo que soube, é comum no verão. Assim, ele entrou sem dificuldades na sala. A patroa parara de gritar e estava caída, sem sentidos, sobre o sofá, enquanto o velho soldado, com o pé dobrado ao lado de uma poltrona e a cabeça no chão, próxima à proteção da lareira, jazia morto em uma poça de seu próprio sangue.

"Naturalmente, a primeira ideia do cocheiro, ao perceber que nada poderia fazer por seu patrão, foi abrir a porta. Surgiu então uma dificuldade inesperada: a chave não estava na fechadura nem em qualquer outro lugar do quarto. Ele saiu novamente pela janela e foi chamar ajuda, trazendo consigo um policial e um médico. A senhora, em quem caíram as maiores suspeitas, foi levada para seu quarto ainda inconsciente. O corpo do coronel foi colocado no sofá e o local cuidadosamente examinado.

"O ferimento sofrido pelo infeliz veterano consistia em um corte com cinco centímetros de comprimento na parte de trás da cabeça, evidentemente causado por um golpe violento desfechado com arma sem corte. Não foi difícil adivinhar que arma foi usada. No chão, junto ao corpo, havia um estranho porrete, feito de madeira entalhada com cabo de osso. O coronel possuía uma coleção diversificada de armas, trazidas dos diversos países em que ele lutou. A polícia considera que esse porrete fazia parte de sua coleção. Os empregados negam tê-lo visto antes, mas é possível que nunca tenham lhe dado importância entre todos os itens estranhos existentes na casa. A polícia não descobriu nada mais que fosse significativo naquela sala. Também não conseguiu achar a chave, que não estava com a vítima, nem com a Sra. Barclay nem em qualquer outra parte do aposento. A porta teve de ser aberta por um chaveiro de Aldershot.

"Assim estavam as coisas, Watson, quando, na manhã de terça-feira, atendendo à solicitação do Major Murphy, fui para Aldershot colaborar com a polícia. Acho que você concorda que o problema já era bastante interessante, mas minhas investigações logo me fizeram perceber que a coisa era, na verdade, mais extraordinária do que parecia.

"Antes de examinar a sala eu interroguei os empregados, mas consegui apenas levantar os fatos que já lhe contei. Jane Stewart, a criada, lembrou-se de outro detalhe curioso. Você se lembra de que ela, ao ouvir a discussão, desceu para falar com os outros empregados. Ela afirma que nessa primeira ocasião, quando sozinha, as vozes dos patrões estavam abafadas, de modo que quase não conseguia ouvir nada, e avaliou mais pelo tom do que por palavras que os dois brigavam. Ao pressioná-la, contudo, ela se lembrou de que ouviu a senhora pronunciar duas vezes a palavra 'Davi'. Esse ponto é extremamente importante para que determinemos a razão da repentina discussão. O nome do coronel, como se lembra, é James.

"O caso tem uma característica que impressionou profundamente os empregados e a polícia. Trata-se da contorção do rosto do coronel. Este estava, de acordo com os depoimentos, totalmente transfigurado de medo e horror. Mais de uma pessoa desmaiou ao vê-lo, de tão assustador. É certo que ele antevira seu destino, o que lhe provocou o mais profundo medo. É claro que isso condiz com a teoria da polícia, se o coronel tivesse visto a mulher preparando-lhe o ataque assassino. O fato de o ferimento ser na parte de trás da cabeça não é uma objeção à teoria, pois a vítima pode ter se virado para tentar fugir ao golpe. Não se conseguiu obter nenhuma informação da mulher, que está temporariamente insana devido à extrema agitação mental.

"Soube, pela polícia, que a Srta. Morrison – que, como você se lembra, saiu naquela noite em companhia da Sra. Barclay – negou saber o que teria provocado a mudança de humor na sua amiga.

"Após reunir esses fatos, Watson, eu fumei muito cachimbo enquanto pensava neles, tentando separar o essencial do trivial. Não havia dúvida de que o ponto mais sugestivo era o desaparecimento da chave da porta. Buscas cuidadosas não conseguiram encontrá-la na saleta. Portanto, ela deve ter sido levada. Mas nem o coronel nem sua mulher poderiam tê-lo feito. Isso é claro. Portanto, uma terceira pessoa deve ter entrado pela janela. Pareceu-me que um exame cuidadoso do gramado e da sala poderia revelar traços desse indivíduo misterioso. Você conhece meus métodos, Watson. Não deixei de empregar nenhum deles na investigação. E terminei descobrindo vestígios, embora diferentes do que esperava. Um homem esteve naquela sala e ele veio da estrada pelo gramado. Consegui obter cinco impressões bastante claras de suas pegadas. Uma na estrada, no ponto em que ele pulou a mureta, duas no gramado e duas, bem apagadas, sobre as tábuas junto à janela pela qual entrou. Aparentemente, ele atravessou o gramado correndo, pois as marcas dos dedos eram mais profundas que as dos calcanhares. Não foi esse homem, porém, que me surpreendeu. Foi seu acompanhante."

– Seu acompanhante!

Holmes tirou do bolso uma grande folha de papel de seda e abriu-a cuidadosamente sobre os joelhos.

– O que acha disto? – ele perguntou.

O papel estava coberto de pegadas de algum animal pequeno. Cada uma tinha cinco manchas arredondadas, indícios de unhas compridas e era, aproximadamente, do tamanho de uma colher de sobremesa.

– É um cachorro – eu disse.

– Já ouviu falar de algum cachorro subir por uma cortina? Encontrei indícios claros de que esta criatura fez isso.

– Um macaco, então?

– Estas não são pegadas de um macaco.

– O que pode ser?

– Nem cachorro, nem gato, nem macaco, nem qualquer outra criatura que conheçamos. Tentei reconstituí-la por intermédio das medidas. Aqui estão quatro pegadas de um momento em que o animal estava parado. Veja que há cerca de quarenta centímetros entre as patas da frente e as de trás. Acrescente pescoço e cabeça e teremos uma criatura com mais de sessenta centímetros; mais, até, se tiver cauda. Agora observe esta outra medida. O animal se moveu e temos o tamanho do seu passo. Todos eles têm por volta de sete centímetros. Isso nos indica um corpo comprido com pernas curtas. Por outro lado, o animal não teve a gentileza de deixar amostras de seu pelo, mas suas características gerais devem ser essas que sugeri, consegue subir em cortinas e é carnívoro.

– Como deduziu isso?

– Ele subiu a cortina. Havia uma gaiola com um canário na janela, e parece que o animal tentava chegar até o pássaro.

– Que bicho é esse, então?

– Ah, se eu pudesse lhe atribuir um nome, teria percorrido uma grande distância na solução do caso. Provavelmente é uma criatura aparentada com doninhas ou arminhos, embora seja maior do que qualquer um desses que já vi.

– E o que ela teria com o crime?

– Isso também precisa ser esclarecido. No entanto descobrimos bastante, como pode ver. Sabemos que esse homem ficou, na estrada, observando a briga dos Barclays, pois as cortinas estavam abertas e a sala iluminada. Sabemos também que ele correu pelo gramado, entrou na sala, acompanhado por um animal estranho, e acertou um golpe no coronel. Também é possível que o coronel tinha caído, assustado ao vê-lo, e batido a cabeça no canto da proteção da lareira. Finalmente, temos o fato curioso de o intruso carregar a chave consigo ao fugir.

– Parece que suas descobertas tornaram o caso mais obscuro do que era – eu disse.

– É verdade. Elas mostraram que o negócio é mais profundo do que se pensou a princípio. Repensei o assunto e cheguei à conclusão de que devo me aproximar do caso por outro lado. Ora, Watson, estou mantendo você acordado quando poderia lhe contar tudo isso durante a viagem para Aldershot, amanhã.

– Obrigado, mas você já foi longe demais para parar agora.

– Quando a Sra. Barclay saiu de casa, às sete e meia, estava de bem com o marido. Como acredito já ter dito, ela não era demasiadamente afetuosa, e foi ouvida pelo cocheiro conversando amistosamente com o coronel. Agora, quando ela voltou, foi para a sala onde provavelmente não encontraria o marido e pediu chá, como faria qualquer mulher agitada. Finalmente, quando ele apareceu, a Sra. Barclay começou a recriminá-lo violentamente. A Srta. Morrison esteve com ela durante toda aquela hora e meia, portanto era evidente que, apesar de sua negativa, ela deveria saber algo sobre o assunto.

"Minha primeira conjectura foi que possivelmente haveria algo entre a jovem e o velho soldado que a moça confessou à esposa traída. Isso explicaria a raiva demonstrada na volta da Sra. Barclay e a negativa da Srta. Morrison de que algo ocorrera. Também seria compatível com a maioria das palavras ouvidas pelos empregados. Houve também aquela referência a um certo Davi, e todos sabem da devoção do coronel à sua mulher. Isso para não falar da invasão desse outro homem, que poderia não estar relacionada à discussão do casal. Não foi fácil decidir o que fazer mas, no geral, eu estava inclinado a dispensar a ideia de que o coronel e a Srta. Morrison tiveram qualquer coisa. Além disso, estava convencido de que a moça sabia o que fizera a Sra. Barclay se irritar com o marido. Assim, fiz o óbvio e fui visitá-la, explicando-lhe que eu estava certo de que ela tinha conhecimento dos fatos e que sua amiga, a Sra. Barclay, enfrentaria uma acusação de homicídio se a questão não fosse esclarecida.

"A Srta. Morrison é uma garota miúda e etérea, loira e de olhos tímidos. Contudo não achei que lhe faltem perspicácia e bom senso. Depois que eu falei, ela permaneceu pensativa por algum tempo, até que se virou para mim, parecendo decidida, e deu um depoimento importante que vou condensar para seu bem.

" 'Prometi à minha amiga', ela começou, 'que nada diria sobre esse assunto, e uma promessa é uma promessa. Mas se posso ajudá-la no momento em que acusação tão séria é levantada contra ela, que não pode se defender por estar doente, então acho que estou absolvida de minha promessa. Vou lhe contar exatamente o que aconteceu na segunda-feira à noite.

" 'Estávamos voltando da Missão na Rua Watt, perto de quinze para as nove. Tínhamos de passar pela Rua Hudson, que é bastante sossegada. Lá só há um poste de iluminação à esquerda. Quando nos aproximamos desse poste, vi um homem caminhando em nossa direção. Ele tinha as costas bem curvas e trazia algo como uma caixa no ombro. Parecia bastante deformado, pois vinha com a cabeça muito baixa e andava com os joelhos dobrados. Estávamos passando por ele quando ergueu seu rosto para nos observar à luz do poste. Ao fazê-lo, parou e gritou, numa voz terrível: 'Meu Deus, é você Nancy!' A Sra. Barclay ficou branca como papel e teria caído se aquela criatura de aparência assustadora não a tivesse segurado. Eu estava para chamar a polícia quando, para minha surpresa, ela começou a falar educadamente com o sujeito.

" 'Pensei que estava morto há trinta anos, Henry', ela disse, com a voz trêmula.

" 'E estava', ele disse, num tom de voz horrível de se ouvir. Seu rosto era triste e amedrontador. Tinha um brilho nos olhos que sempre aparece para me assustar em sonhos. Seu cabelo e bigode eram grisalhos e o rosto todo vincado e marcado como uma maçã seca.

" 'Deixe-nos um pouco a sós, querida', disse-me a Sra. Barclay. 'Preciso conversar com este homem. Não há nada que se temer', ela tentava parecer corajosa, mas continuava pálida como um cadáver e tinha dificuldade em falar, pois seus lábios tremiam.

" 'Fiz o que ela me pediu e eles conversaram durante alguns minutos. Então ela veio na minha direção, com os olhos chispando, e vi o sujeito parado junto ao poste sacudindo o punho no ar, como se estivesse louco de raiva. Ela nada me disse até que chegamos à porta de casa, quando me segurou a mão e implorou que eu não contasse a ninguém o que se passara.

" 'Trata-se de um velho conhecido meu, que se perdeu na vida', explicou-me a Sra. Barclay.

" 'Quando prometi que nada falaria', continuou a Srta. Morrison, 'ela me beijou e não a vi desde então. Contei-lhe toda a verdade e se a escondi da polícia foi porque não imaginei que minha amiga corresse tanto perigo. Entretanto sei que tudo deve vir às claras para o próprio bem dela.' "

– Esse foi o depoimento dela, Watson. Para mim, foi uma luz na escuridão. Tudo, que antes parecia desconexo, começou a fazer sentido e intuí toda a sequência de acontecimentos. Meu passo seguinte foi tentar encontrar o homem que produziu impressão tão grande na Sra. Barclay. Caso ainda estivesse em Aldershot não seria difícil achá-lo. Não há muitos civis por lá, e um homem deformado atrairia a atenção. Passei um dia procurando e, à noite, esta noite, Watson, encontrei-o. O nome dele é Henry Wood e mora na mesma rua em que aquelas senhoras o encontraram. Estava há apenas cinco dias hospedado ali. Passando-me por inspetor de hotéis e pensões, tive uma conversa muito interessante com a proprietária. Ele é mágico e ator, e faz seus espetáculos nos bares à noite. Carrega alguma criatura consigo naquela caixa. Sobre ela, a proprietária pareceu um pouco amedrontada, pois nunca viu animal como aquele. O Sr. Wood usa-o em alguns de seus truques, de acordo com ela. Isso foi tudo o que a mulher pôde me dizer, além de comentar que é um milagre ele estar vivo, sendo tão deformado, e que às vezes fala uma língua estranha e nas duas últimas noites ouviu-o gemendo e chorando em seu quarto. Tudo vai bem quanto a dinheiro, mas no depósito inicial ele lhe deu uma moeda estranha. A proprietária me mostrou e trata-se de uma rúpia indiana. Agora, meu caro amigo, você já sabe em que pé está a situação e por que preciso de você. Está perfeitamente claro que, após as mulheres partirem, esse homem as seguiu a distância, viu a briga entre marido e mulher pela janela, correu pelo gramado e seu animal se soltou. Tudo isso está certo. Mas ele é a única pessoa neste mundo que pode nos contar exatamente o que aconteceu naquele quarto.

– E você pretende lhe perguntar?

– Claro que sim, mas na presença de uma testemunha.

– E eu sou a testemunha?

– Se puder fazer essa bondade. Se ele quiser esclarecer o assunto, ótimo. Caso se recuse, não haverá alternativa senão pedir um mandado de prisão.

– Como sabe que ele estará lá quando você voltar?

– Pode ficar tranquilo que tomei minhas precauções. Um dos meus garotos da Rua Baker está montando guarda e vai grudar nele, seja para onde o sujeito for. Vamos encontrá-lo na Rua Hudson amanhã, Watson. Enquanto isso, eu mesmo seria um criminoso se o mantivesse acordado por mais tempo.

Ao meio-dia estávamos no local da tragédia e, sob a orientação do meu amigo, logo chegamos à Rua Hudson. Apesar de sua capacidade em esconder suas emoções, pude facilmente constatar a agitação em que Holmes estava, enquanto eu mesmo sentia um prazer meio esportivo, meio intelectual que sempre experimentava quando colaborava em suas investigações.

– É aqui – ele disse ao entrarmos na rua com casas de dois andaras e tijolos aparentes. – E aqui está Simpson.

– Está tudo bem, Sr. Holmes – exclamou um menino ao se aproximar de nós.

– Muito bom, Simpson – disse Holmes, passando-lhe a mão na cabeça. – Venha, Watson. A casa é esta.

Ele enviou seu cartão dizendo que precisava tratar de negócios importantes. Logo estávamos cara a cara com o homem que fôramos ver. Apesar do tempo quente, ele estava encolhido perto da lareira e o quarto parecia um forno. O sujeito estava sentado todo retorcido, dando-nos uma impressão indescritível de deformidade. Contudo o rosto que virou para nós, apesar de abatido e triste, devia ter sido atraente no passado. Encarou-nos ressabiado com seus olhos amarelados de bílis e, sem fazer menção de se levantar, indicou-nos duas cadeiras.

– Sr. Henry Wood, proveniente da Índia, eu acredito! – disse Holmes, amigavelmente. – Vim para conversar sobre esse caso da morte do Coronel Barclay.

– O que eu sei disso?

– É o que vim descobrir. O senhor sabe, acredito, que, a menos que o assunto seja esclarecido, a Sra. Barclay, uma velha amiga sua, será provavelmente julgada por assassinato.

O homem deu um pulo na cadeira.

– Não sei quem são vocês – ele exclamou –, nem como sabem o que sabem, mas juram que é verdade isso que me dizem?

– Ora, estão apenas esperando ela recobrar os sentidos para prendê-la.

– Meu Deus! Os senhores são da polícia?

– Não.

– Então o que têm a ver com isso?

– Todo homem deve querer que a justiça seja feita.

– Dou-lhes minha palavra que ela é inocente.

– Então o senhor é culpado?

– Não, não sou.

– Quem matou o Coronel James Barclay, então?

– Foi a Providência que o matou. Saibam disto: se eu tivesse arrebentado sua cabeça, como desejava fazê-lo, ele teria recebido o que merecia de mim. Se sua própria consciência culpada não o tivesse abatido, eu estaria com seu sangue em minhas mãos. Os senhores querem ouvir minha história. Ora, não sei por que não deva contar-lhes, pois não há nada nela que me envergonhe.

"Tudo aconteceu do jeito que vou contar. Os senhores me veem agora que estou corcunda como um camelo e com as costelas tortas, mas já houve um tempo em que o cabo Henry Wood era o melhor homem do 117º de Infantaria. Estávamos acampados na Índia, num local chamado Bhurtee. Barclay, esse que morreu, era sargento na mesma companhia que eu, e ela era a bela do regimento – Nancy Devoy, filha do sargento porta-bandeira. Ah, era a garota mais linda que já existira. Havia dois homens que a amavam e apenas um que ela amava. Os senhores podem rir ao olhar para esta coisa disforme diante do fogo, mas saibam que ela me amava e me achava lindo!

"Bem, embora ela me amasse, seu pai queria que se casasse com Barclay. Eu era um jovem irresponsável, despreocupado, enquanto Barclay era instruído e estava destinado a se tornar oficial. No entanto a garota realmente me queria, e parecia mesmo que eu a teria, quando irrompeu o Motim e aquele país virou um inferno.

"Nosso regimento ficou preso em Bhurtee, com meia bateria de artilharia, uma companhia de *sikhs* e muitos civis e mulheres. Havia dez mil rebeldes à nossa volta, excitados como gatos à espreita de uma gaiola. Na segunda semana de sítio nossa água acabou e precisávamos descobrir como nos comunicar com as tropas do General Neill, que subia pelo país. Aquela era nossa única chance, pois não podíamos abrir caminho entre os rebeldes levando mulheres e crianças. Assim, ofereci-me como voluntário para ir até o General Neill e avisar sobre nossa situação desesperada. Aceitaram-me e discuti o assunto com o Sargento Barclay, que supostamente conhecia o território melhor que qualquer outro homem e traçou uma rota para que eu conseguisse atravessar as linhas inimigas. Às dez da noite comecei minha aventura. Havia mil vidas para serem salvas, mas eu só pensava numa delas quando pulei a murada naquela noite.

"Minha rota levava-me pelo leito seco de um rio que, eu esperava, me esconderia dos sentinelas inimigos. Quando virei uma curva, porém, dei de encontro com seis deles, agachados na escuridão à minha espera. Instantaneamente levei um golpe e tive mãos e pés amarrados. O verdadeiro golpe, no entanto, foi no coração e não na cabeça, pois, ouvindo o que conseguia compreender do que falavam, soube que meu camarada, o mesmo homem que traçara uma rota para mim, traiu-me, por intermédio de um criado nativo, fazendo com que eu caísse nas mãos do inimigo.

"Bem, não é preciso nos aprofundarmos nessa parte. Os senhores já sabem do que James Barclay era capaz. Bhurtee foi libertada pelo General Neill no dia seguinte, mas os rebeldes me levaram com eles na fuga, e se passou um ano inteiro antes que eu visse outro europeu. Fui torturado e tentei fugir. Fui capturado e torturado novamente. Os senhores mesmos podem ver o estado em que fui deixado. Alguns que fugiram para o Nepal me levaram junto. Depois de um tempo já havíamos passado de Darjeeling. Os montanheses de lá mataram os rebeldes que me aprisionavam e me fizeram escravo por um tempo, até que consegui escapar. Em vez de voltar para o sul, entretanto, tive de ir para o norte, onde acabei me encontrando entre os afeganes. Andei por lá durante mais de um ano, até que retornei ao Punjab, onde vivi entre os nativos ganhando a vida com os truques que aprendera. De que me adiantava, sendo um aleijado, voltar para a Inglaterra e rever meus velhos camaradas? Nem mesmo minha vontade de vingança foi suficiente para me fazer voltar. Preferia que Nancy e meus velhos amigos lembrassem de mim como o Henry Wood que morreu ereto e não que me vissem andando de quatro com uma bengala e parecendo um chimpanzé. Eles nunca duvidaram que eu morrera e achei melhor continuar assim. Soube que Barclay casara com Nancy e que estava subindo rapidamente no regimento, mas mesmo isso não me fez querer aparecer.

"Contudo, ao se envelhecer, a saudade de casa aperta. Durante anos sonhei com os campos e cercas verdes da Inglaterra. Afinal, decidi-me a revê-los antes de morrer. Economizei o suficiente para a viagem e cheguei aqui onde os soldados estão, pois sei como eles são e como poderia diverti-los, de modo a ganhar meu sustento."

– Sua história é interessante – disse Sherlock Holmes. – Já soube de seu encontro com a Sra. Barclay, quando se reconheceram. Imagino que a seguiu até em casa e viu, pela janela, a briga do casal quando, provavelmente, ela o recriminou violentamente pela conduta que teve com o senhor. Seus próprios sentimentos afloraram e o senhor correu pelo gramado, entrando na casa.

– Foi isso que fiz, sim senhor. Quando me viu, ele fez uma cara que nunca vi na vida e caiu com a cabeça na proteção da lareira. Mas estava morto antes de cair. Li a morte em seu rosto com a mesma facilidade que leio aquele aviso sobre o fogo. A mera visão de mim foi como uma bala em seu coração culpado.

– E depois?

– Nancy desmaiou e eu peguei a chave da porta, pretendendo destrancá-la e pedir ajuda. Entretanto, do jeito que as coisas estavam, achei que poderiam se virar contra mim e que o melhor era cair fora. Na pressa, enfiei a chave no bolso e derrubei a bengala enquanto pegava Teddy, que subira pela cortina. Quando o coloquei de volta à caixa, de onde escapara, saí correndo o mais rápido que podia.

– Quem é Teddy? – perguntou Holmes.

O homem se inclinou e puxou a tampa de uma espécie de gaiola, no canto da sala. Logo apareceu uma linda criatura, de pelo castanho avermelhado, magra, com pernas curtas e focinho comprido, além de um par de belos olhos vermelhos, como nunca vi antes.

– É um mangusto! – exclamei.

– Bem, alguns o chamam assim, e outros de icnêumon – disse Henry Wood. – Caça-cobras é como o chamo, e Teddy é espantosamente rápido com cobras. Tenho uma sem as presas, que Teddy captura todas as noites para divertir os sujeitos nos bares. O senhor deseja saber alguma outra coisa?

– Bem, pode ser que precisemos conversar novamente, se realmente a Sra. Barclay enfrentar dificuldades.

– Nesse caso é claro que me apresentarei.

– Caso não seja necessário, não precisaremos levantar um escândalo contra o morto, ainda que tenha agido como agiu. O senhor tem, pelo menos, a satisfação de saber que, por trinta anos, a consciência culpada dele o recriminou amargamente pelo que fez. Ah, mas lá está o Major Murphy, do outro lado da rua. Até logo, Wood. Quero saber se algo mais aconteceu desde ontem.

Conseguimos alcançar o major antes que dobrasse a esquina.

– Ah, Holmes – ele disse. – Suponho que você já saiba que toda essa confusão deu em nada?

– O que aconteceu?

– O inquérito foi encerrado. O legista declarou que a causa da morte foi apoplexia. Como vê, no fim era um caso bastante simples.

– Ah, sim, bastante simples – disse Holmes, sorrindo. – Vamos, Watson. Acho que não somos mais necessários em Aldershot.

– Só mais uma coisa – eu disse, enquanto caminhávamos até a estação. – Se o nome do marido era James e do outro é Henry, quem é Davi?

– Essa única palavra, meu caro Watson, teria me contado toda a história se eu fosse um raciocinador tão perfeito como você gosta de descrever. Foi, evidentemente, uma forma de repreender o coronel.

– Uma forma de repreender?

– Exato. Davi cometeu seus errinhos e, em certa ocasião, agiu como o Sargento James Barclay. Lembra-se do incidente de Urias e Betsabé? Meu conhecimento bíblico está um pouco enferrujado, mas você encontrará a história em Samuel I ou II.

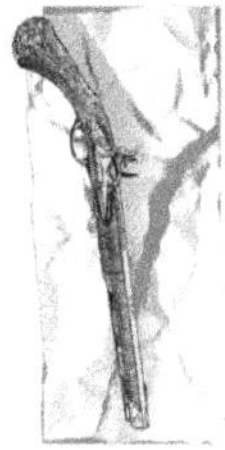

O Corretor

Logo depois do meu casamento comprei uma clínica no distrito de Paddington. Houve uma época em que o velho Dr. Farquhar, de quem a comprei, tinha uma excelente clientela. Mas, com a chegada da idade e de uma doença parecida com a dança de São Vito, os pacientes foram escasseando. As pessoas, naturalmente, parecem acreditar que o médico precisa estar inteiro para poder curar os outros e duvidam de suas capacidades terapêuticas se não consegue tratar de si mesmo. Assim, ao mesmo tempo que meu predecessor enfraquecia, sua clientela minguava. Quando comprei sua clínica, o negócio tinha ido de mil e duzentos para trezentos ao ano. Contudo eu confiava na minha juventude e força de vontade, e estava convencido de que em poucos anos conseguiria pôr tudo nos eixos.

Nos três meses seguintes à compra, a clínica me absorveu completamente, de modo que pouco vi meu amigo Sherlock Holmes, pois eu estava muito ocupado para ir até seu apartamento na Rua Baker, e ele raramente sai, a não ser por razões profissionais. Fiquei surpreso, portanto, quando, numa manhã de junho, eu lia o *British Medical Journal*, depois do café, e ouvi a campainha seguida pela voz aguda e até mesmo estridente do meu velho companheiro.

– Ah, meu caro Watson – ele disse, entrando na sala –, fico feliz em revê-lo. Espero que a Sra. Watson esteja totalmente recuperada das emoções decorrentes de nossa aventura com o *Signo dos Quatro*.

– Nós dois estamos bem, obrigado – eu disse, apertando-lhe a mão calorosamente.

– Espero, também – ele continuou, sentando-se na cadeira de balanço –, que a prática da Medicina não lhe tenha diminuído o interesse que você costumava ter em nossos probleminhas dedutivos.

– Pelo contrário – respondi –, ontem à noite mesmo eu estava revendo minhas anotações e classificando alguns de nossos casos.

– Espero que não considere sua coleção encerrada.

– Claro que não. Quero mesmo participar de outras experiências dessas.

– Hoje, por exemplo?

– Claro. Hoje, se você quiser.

– Pode ir até Birmingham?

– Claro, se for necessário.

– E seus pacientes?

– Eu atendo os do meu vizinho, quando ele precisa sair. Ele pode me ajudar, também, quando preciso.

– Ah, não poderia ser mais conveniente! – disse Holmes, recostando-se na cadeira e me observando através das pálpebras semicerradas. – Percebo que você não esteve bem de saúde, recentemente. Esses resfriados de verão são um problema!

– Realmente, fiquei confinado em casa por três dias, na semana passada, devido a um forte resfriado. Pensei que minha aparência já estava totalmente recuperada.

– Está mesmo. Você parece estar muito bem.

– Então como sabe?

– Meu caro amigo, já conhece meus métodos.

– Deduziu, então?

– Claro que sim.

– Como?

– Observando seus chinelos.

Olhei para os chinelos novos de couro que usava.

– Como é que... – comecei, mas Holmes respondeu antes que eu concluísse a pergunta.

– Seus chinelos são novos – ele disse. – Você não os tem há mais do que algumas semanas. O solado, que nesse momento está virado para mim, apresenta-se levemente queimado. Por um minuto pensei que eles se molharam e foram queimados ao serem postos para secar. No entanto, do lado interno há um pedacinho de papel com a marca da loja onde comprou. A umidade teria removido essa etiqueta. Portanto, você ficou alguns dias com os pés estendidos para a lareira, o que ninguém faria, num mês quente como junho, se estivesse com a saúde perfeita.

Como todas as deduções de Holmes, esta também me pareceu extremamente simples depois que ele a esmiuçou. Holmes leu meus pensamentos e um sorriso amargo apareceu em seus lábios.

– Acho que acabo com o encanto do meu trabalho quando o explico – ele disse. – Os resultados são mais impressionantes quando o mistério é mantido. Está pronto para ir a Birmingham, então?

– Claro, qual é o caso?

– Vou lhe contar no trem. Meu cliente está esperando aí fora, numa carruagem. Pode sair imediatamente?

– Num instante – escrevi um bilhete para meu vizinho médico, corri escada acima para contar à minha mulher e me reuni a Holmes na entrada de casa.

– Então, seu vizinho é médico – ele disse, apontando para a placa de metal na casa ao lado.

– Exato. Ele comprou a clínica, do mesmo jeito que eu.

– É muito antiga?

– Tanto quanto a minha. As clínicas funcionam aqui desde que as casas foram construídas.

– Ah, então você ficou com a melhor das duas.

– Foi o que achei. Como sabe?

– Pelos degraus, meu amigo. Os seus estão mais gastos que os dele. Mas... o cavalheiro no carro é meu cliente, o Sr. Hall Pycroft. Deixe-me apresentá-los. Condutor, força com os cavalos, pois temos pouco tempo para pegar o trem.

O homem em cuja companhia me encontrava era jovem e forte, com rosto franco e um bigodinho loiro. Usava uma cartola brilhante e um belo terno preto, que lhe faziam parecer o que era: um jovem da City, pertencente à classe que chamavam de *cockneys*[3], que nos davam os melhores soldados dos regimentos de voluntários, e também os melhores atletas e esportistas destas ilhas. Seu rosto redondo e corado parecia conter uma alegria natural, mas os cantos da boca estavam caídos, numa expressão quase cômica de preocupação. Contudo somente quando ficamos instalados num carro de primeira classe no trem para Birmingham, já em movimento, que pude saber qual o problema que fizera aquele homem procurar Sherlock Holmes.

– Temos, à nossa frente, uma jornada de setenta minutos – observou Holmes. – Sr. Hall Pycroft, quero que conte sua interessante experiência a meu amigo, da mesma forma que me contou, ou com mais detalhes, se possível. Será útil, para mim, ouvir a sucessão dos fatos novamente. Trata-se de um caso, Watson, que pode significar algo, mas também pode não ter significado algum. De qualquer modo, apresenta aquelas características estranhas e incomuns que tanto nos interessam. Por favor, Sr. Pycroft, prometo não interromper novamente.

---

[3] *cockney*: nativo da região Leste de Londres, que fala um dialeto característico. Num sentido mais amplo, pode ser qualquer pessoa nascida em Londres ou que more lá.

Nosso jovem acompanhante fitou-me com um brilho no olhar.

– O pior disso tudo – começou – é que eu apareço nessa história como um tolo confuso. É claro que tudo pode terminar bem e não vejo como poderia ter agido de outra forma. Contudo, se perdi minha posição sem conseguir nada em troca, terei sido um bobalhão. Não sou muito bom para contar uma história, Dr. Watson, mas vamos lá.

"Eu trabalhava na Coxon & Woodhouse, em Drapers' Garden. A firma foi incorporada na primavera, durante aquela transação com o empréstimo venezuelano, como o senhor, sem dúvida, se lembra. Então, vieram as demissões. Eu estava na empresa há cinco anos e o velho Coxon me deu uma ótima carta de recomendação quando veio o golpe, mas todos nós, os vinte e sete funcionários, fomos postos na rua. Procurei emprego aqui e ali, mas havia muitos outros na mesma situação que eu e não consegui nada por muito tempo. Recebia, na Coxon, três libras por semana, e tinha economizado setenta, que logo acabaram. Eu estava praticamente arruinado, sem ter dinheiro para comprar selos e envelopes para responder aos anúncios de emprego. Gastei meus sapatos correndo de escritório em escritório e parecia tão longe de conseguir algo como no começo.

"Finalmente, soube de uma vaga em Mawson & Williams, a grande firma de corretagem na Rua Lombard. Acredito que o senhor não entende muito desse negócio, Dr. Watson, mas posso lhe dizer que essa é, provavelmente, a empresa mais rica de Londres. O anúncio deveria ser respondido apenas por carta. Enviei meu currículo e a carta de recomendação sem ter, contudo, a menor esperança de conseguir aquela vaga. Recebi uma resposta dizendo que eu deveria me apresentar na próxima segunda-feira para começar a trabalhar imediatamente, desde que minha aparência fosse satisfatória. Ninguém sabe ao certo como isso funciona. Alguns dizem que o gerente simplesmente escolhe o primeiro currículo da pilha. De qualquer forma, aquela era minha vez e não podia estar mais feliz. O salário era uma libra por semana maior que o anterior e as obrigações praticamente as mesmas que tinha na Coxon.

"E agora começa a parte estranha da história. Estava no meu apartamento, em Potter's Terrace, número 17 – esse é o endereço. Bem, eu estava lá, fumando, na mesma noite em que recebi a resposta, quando apareceu a senhoria com um cartão pessoal de 'Arthur Pinner, Agente Financeiro'. Nunca ouvira falar dele e não podia imaginar o que ele queria comigo, mas é claro que pedi a ela que o fizesse entrar. Era um sujeito de estatura média, olhos escuros e barba negra, com o nariz brilhante. Tinha os modos ríspidos e um jeito direto de falar, parecendo alguém que sabe o valor do tempo.

" 'Sr. Hall Pycroft, eu acredito!', ele disse.

" 'Eu mesmo', respondi, empurrando uma cadeira para ele.

" 'Até recentemente empregado na Coxon & Woodhouse?'

" 'Sim, senhor.'

" 'E agora no time da Mawson's?'

" 'Isso mesmo.'

" 'Bem', ele disse. 'O fato é que tenho ouvido algumas histórias realmente extraordinárias sobre sua habilidade financeira. Lembra-se de Parker, que era o gerente da Coxon? Não se cansa de falar de você.'

"Ora, é claro que fiquei satisfeito de ouvir isso. Sempre fui eficiente no escritório, mas nem imaginava que fizessem tais comentários a meu respeito na City[4].

" 'Tem boa memória?', ele perguntou.

" 'Acho que é boa', respondi modestamente.

" 'Tem estado atualizado com o mercado durante esse período em que está afastado?'

" 'Claro, leio o boletim da bolsa todas as manhãs.'

" 'Ora, isso mostra verdadeira aplicação!', ele exclamou. 'É assim que se sobe na vida! Não se importa se eu o testar? Deixe-me ver! Como está Ayrshires?'

" 'Cento e seis e um quarto para cento e cinco e sete oitavos', respondi.

" 'E a New Zealand Consolidated?'

" 'Cento e quatro.'

" 'E British Broken Hills?'

" 'Sete para sete e seis.'

" 'Maravilhoso!', ele exclamou, jogando as mãos para cima. 'Realmente, faz jus a tudo que ouvi a seu respeito. Meu garoto, meu garoto, você é muito bom para ser um empregado da Mawson's!'

"Essa explosão me deixou estupefato, como os senhores podem imaginar.

" 'Bem', eu disse, 'outras pessoas não me têm em tão alta conta como o senhor. Dei duro para conseguir esse emprego e estou feliz em tê-lo.'

" 'Bah, homem, precisa almejar mais que isso. Não está fazendo justiça a si mesmo. Vou lhe dizer qual o meu negócio. O que tenho para lhe oferecer é pouco, se medido por sua habilidade, mas, se compararmos com a Mawson's, é a luz no fim do túnel! Quando você vai se apresentar?'

---

[4] City = centro financeiro de Londres.

" 'Segunda.'

" 'Ah, ah! Acho que vou arriscar uma aposta. Você não vai estar lá no dia.'

" 'Não vou para Mawson's?'

" 'Não vai, não. Segunda você já será o gerente geral da Franco-Midland Hardware Company Ltd., com cento e trinta e quatro filiais nas cidades e vilas da França, sem contar uma em Bruxelas e outra em San Remo.'

"Isso me tirou o fôlego.

" 'Nunca ouvi falar dessa empresa', eu disse.

" 'Provavelmente não. Até agora ela tem se mantido discreta, pois o capital foi subscrito muito reservadamente, e não se podia deixar a coisa ficar muito pública. Meu irmão, Harry Pinner, é promotor, e participa do conselho como diretor. Ele soube que eu vinha para Londres e me pediu para contratar um homem bom e barato; um jovem cheio de energia e força de vontade. Parker me falou de você, o que me trouxe aqui esta noite. Só podemos lhe oferecer míseras quinhentas libras por ano, para começar...'

" 'Quinhentas libras por ano!', gritei.

" 'Somente para começar. Você também receberá uma comissão de um por cento sobre o total faturado por seus representantes. Pode acreditar que isso representará mais que seu salário.'

" 'Mas eu não sei nada sobre os negócios de sua empresa.'

" 'Ora, meu jovem, você é bom com números.'

"Eu ouvia um zumbido dentro da cabeça, e mal conseguia me manter sentado na cadeira. De repente, um calafrio de dúvida me percorreu.

" 'Vou ser sincero com o senhor', eu disse. 'Mawson's vai me pagar apenas duzentas libras por ano. Mas na Mawson's estarei seguro. Agora, francamente, sei tão pouco da sua empresa que...'

" 'Ah, esperto, muito esperto!', ele gritou, numa espécie de êxtase. 'É o homem exato para a posição. Não é convencido facilmente, o que é bom. Agora, aqui está uma nota de cem libras. E se achar que poderemos trabalhar juntos, basta colocá-la no bolso, como adiantamento do seu salário.'

" 'Isso é muito simpático', eu disse. 'Quando devo assumir minhas novas funções?'

" 'Esteja em Birmingham amanhã,... uma da tarde', ele disse. 'Leve este bilhete para meu irmão. Você o encontrará na Rua Corporation, 126B, onde os escritórios temporários da empresa estão localizados. É claro que ele precisa confirmar sua contratação, mas, cá entre nós, já está tudo certo.'

“ ‘Ora, Sr. Pinner, não sei como expressar minha gratidão’, eu disse.

“ ‘Não se preocupe com isso, meu jovem. Está recebendo apenas o que merece. Só há duas coisinhas, meras formalidades, que preciso ver com você. Pegue esse pedaço de papel ao seu lado e faça a bondade de escrever nele: ‘Desejo trabalhar como gerente geral da Franco-Midland Hardware Company Ltd., por um salário de no mínimo quinhentas libras’.

“Fiz o que ele mandou e ele guardou o papel no bolso.

“ ‘Agora, o outro detalhe’, ele disse. ‘O que pretende fazer a respeito da Mawson’s?’

“Em minha alegria, esquecera-me totalmente da Mawson’s.

“ ‘Vou escrever-lhes abrindo mão do emprego’, eu disse.

“ ‘É exatamente isso que não queremos que você faça. Já tive uma discussão com um dos gerentes de lá. Fui perguntar a seu respeito e foram muito agressivos. Acusaram-me de tentar roubar um funcionário deles, essas coisas. Afinal, perdi a cabeça e disse ‘se querem bons profissionais, deveriam pagar melhor’, eu disse. ‘Ele vai preferir nosso salário, embora menor, àquilo que você oferece’, ele retrucou. ‘Aposto cinco libras’, eu continuei, ‘que vocês nunca mais vão ouvir falar dele depois que eu fizer minha oferta.’ ‘Fechado’, ele disse, ‘nós o tiramos da sarjeta e ele não nos deixará assim tão fácil.’ Foi isso mesmo que ele falou.’

“ ‘Ô, miserável!’, exclamei. ‘Nunca o vi em toda a minha vida. Por que deveria lhes dar preferência? Não escreverei, se prefere assim.’

“ ‘Ótimo! É um compromisso, então’, ele disse, levantando-se. ‘Bem, estou muito satisfeito de ter contratado profissional tão bom para meu irmão. Pegue seu adiantamento de cem libras e esta carta. Anote o endereço: Rua Corporation, 126B. Lembre-se de que sua entrevista será amanhã à uma hora. Boa noite e boa sorte. Você merece.’

“Isso foi o que aconteceu, exatamente como me lembro. Pode imaginar, Dr. Watson, como estava satisfeito com tamanha sorte. Permaneci acordado metade da noite, acalentando a ideia. No dia seguinte, peguei um trem para Birmingham que me levaria até lá com tempo de sobra para a entrevista. Levei minhas coisas para um hotel na Rua Nova e me encaminhei para o endereço que me fora fornecido.

“Cheguei lá quinze minutos antes do horário, mas achei que não faria diferença. O número 126B era um corredor entre duas lojas grandes, que levava até uma escada em espiral, por onde se chegava a vários conjuntos, alugados como escritórios a empresas e profissionais. Os nomes dos locadores estavam pintados embaixo, na parede, mas não havia nenhuma Franco-Midland Hardware Company Ltd. Fiquei ali alguns minutos, desanimado, considerando se tudo não passava de uma piada, quando um homem se dirigiu a mim. Ele se parecia muito com o sujeito da noite anterior, tinha a mesma aparência e voz, embora não tivesse barba e seu cabelo fosse mais claro.

" 'É o Sr. Hall Pycroft?', ele perguntou.

" 'Sim', eu disse.

" 'Ah! Eu o estava esperando, mas está um pouco adiantado. Recebi um bilhete de meu irmão esta manhã, no qual ele ressaltava entusiasticamente suas qualidades.'

" 'Eu estava procurando o escritório nesta lista quando o senhor apareceu.'

" 'Nosso nome ainda não está aí, pois alugamos esse conjunto só temporariamente, e foi na semana passada. Suba comigo e vamos discutir o assunto.'

"Segui-o até o topo de uma escada bem alta, chegando até embaixo do telhado, onde havia duas salas vazias e empoeiradas, sem tapete ou cortina, para onde ele me levou. Eu imaginara um escritório grande, com mesas brilhantes e diversos funcionários, como estava acostumado. Fiquei olhando para as duas cadeiras baratas e para a mesinha que, com o livro-razão e a cesta de papel, compunham toda a mobília.

" 'Não desanime, Sr. Pycroft', disse o homem, vendo a expressão do meu rosto. 'Roma não foi feita em um dia, e temos muito dinheiro nos garantindo, embora ainda não tenhamos gastado muito em escritórios. Por favor, sente-se e deixe-me ver a carta.'

"Entreguei-a a ele, que a leu com muita atenção.

" 'Parece que você impressionou bastante meu irmão, Arthur', ele disse. 'E eu sei como ele é judicioso. Temos nossas diferenças de opinião, o senhor compreende, mas desta vez vou seguir seu conselho. Considere-se definitivamente contratado.'

" 'E quais serão meus afazeres?', perguntei.

" 'Oportunamente, deverá gerenciar o grande depósito em Paris, que escoará o fluxo de cerâmica inglesa nas cento e trinta e quatro filiais francesas. A compra estará fechada em uma semana. Enquanto isso, você deve permanecer em Birmingham e se fazer útil.'

" 'Como?'

"Como resposta, ele pegou um grande livro vermelho de uma gaveta.

" 'Este é um catálogo de Paris', ele disse. 'Os ramos de atividade estão ao lado dos nomes das pessoas. Quero que o leve para casa e marque todos os possíveis revendedores de cerâmica, bem como seus endereços. Isso me será muito útil.'

" 'Com certeza já existem listas organizadas', sugeri.

" 'Não são confiáveis. O sistema que usam é diferente do nosso. Faça isso e me entregue as listas na segunda-feira, ao meio-dia. Tenha um bom dia, Sr. Pycroft. Se continuar a mostrar empenho e inteligência, terá nesta empresa uma boa empregadora.'

"Voltei para o hotel com o livro debaixo do braço e sensações conflituosas no peito. Por um lado estava definitivamente contratado, com cem libras no bolso. Pelo outro, a aparência do escritório, a ausência do nome da empresa na parede e outros pontos que chamam a atenção de um homem de negócios compuseram má impressão dos meus empregadores. Contudo, fosse o que fosse, eu já recebera um adiantamento do salário, de modo que me pus a trabalhar. Dei duro todo o domingo, mas, mesmo assim, na segunda só tinha chegado à letra H. Fui ver meu patrão. Encontrei-o no mesmo escritório desolado. Ele me mandou continuar e voltar na quarta. Mas na quarta o trabalho continuava incompleto. Continuei até sexta, ou seja, ontem. Então, levei a lista para o Sr. Harry Pinner.

" 'Muito obrigado', ele disse. 'Acho que subestimei a dificuldade da tarefa. Esta lista muito me ajudará.'

" 'Demorei um pouco', eu disse.

" 'E agora', ele disse, 'quero que você faça uma lista das lojas de móveis, pois elas também podem vender cerâmica.'

" 'Muito bem.'

" 'E você pode vir amanhã à noite, às sete, para que eu saiba como está indo. Não se mate de trabalhar. Algum tempo no Day's Music Hall à noite, depois do trabalho, não lhe fará mal nenhum', ele riu enquanto falava, e vi, sentindo um arrepio, que seu dente molar superior, do lado esquerdo, tinha uma obturação de ouro."

Sherlock Holmes esfregou as mãos. Estava adorando a história. Eu olhei surpreso para nosso cliente.

– Compreendo sua surpresa, Dr. Watson – disse Pycroft. – Acontece que quando conversei com o outro patrão, em Londres, reparei, no momento em que ele riu por eu não ir trabalhar na Mawson's, que ele tinha uma obturação de ouro no mesmo dente. Foi o brilho do ouro que me chamou a atenção, nos dois casos. Quando juntei isso à voz e à aparência, que eram as mesmas, e sendo que as únicas coisas que os diferenciavam podiam ser alteradas por um barbeiro ou uma peruca, não tive dúvidas de que se tratava do mesmo homem. É claro que dois irmãos podem se parecer, mas seria estranho que tivessem o mesmo tipo de obturação no mesmo dente. Bem, então ele se despediu de mim e a próxima coisa de que me lembro é estar na rua, sem saber como cheguei lá, tão confuso eu estava. Voltei para o hotel, onde enfiei a cabeça numa bacia de água fria, tentando extrair algum sentido daquilo tudo. Por que ele me mandou de Londres para Birmingham? Por que chegou lá antes de mim? E por que escreveu uma carta para si mesmo? Tudo aquilo era demais para mim. De repente, ocorreu-me que talvez o Sr. Sherlock Holmes pudesse enxergar onde eu só via trevas. Então voltei pelo trem noturno e fui procurá-lo pela manhã. E aqui estamos, todos nós, em Birmingham.

Houve uma pausa depois que o corretor concluiu sua surpreendente narrativa. Então Holmes olhou para mim e se recostou no assento, com uma expressão ao mesmo tempo crítica e satisfeita, como um enólogo que acaba de tomar o primeiro gole de um vinho excepcional.

– Não é espantoso, Watson? – ele disse. – Há pontos que me agradam. Acho que concordará comigo que uma entrevista com o Sr. Arthur Harry Pinner, nos escritórios temporários da Franco-Midland Hardware Company Ltd, será uma experiência muito interessante para nós dois.

– Como vamos fazer isso? – perguntei.

– Ah, vai ser fácil – disse Hall Pycroft. – Vocês são meus amigos que precisam de um emprego. Não seria natural que eu os trouxesse comigo, para falar com o patrão?

– É claro! É claro! – disse Holmes. – Gostaria de dar uma olhada nesse sujeito, para ver se consigo adivinhar seu joguinho. Quais são suas qualidades, meu amigo, que o tornam tão valioso? Ou será que... – então Holmes começou a roer as unhas e a olhar pela janela, e não conseguimos lhe fazer falar mais nada até chegarmos ao hotel da Rua Nova.

Às sete da noite estávamos os três a caminho do escritório da empresa, na Rua Corporation.

– Não adianta chegarmos lá antes da hora – disse nosso cliente. – Parece que ele só vai até lá para me ver, pois o local fica vazio até a hora marcada.

– Isso é sugestivo – disse Holmes.

– Por Deus, eu lhes disse! – exclamou o corretor. – Lá está ele, andando à nossa frente.

Ele apontou um sujeito de pouca estatura e cabelos claros, do outro lado da rua. Enquanto o observávamos, ele olhou para um garoto que vendia a edição mais recente do jornal vespertino. Correndo entre carruagens e ônibus, ele comprou um exemplar. Então desapareceu por uma porta.

– Lá vai ele – exclamou Hall Pycroft. – Ele está indo para os escritórios da empresa. Venham comigo e vamos esclarecer essa história.

Subimos cinco andares atrás dele, até que nos encontramos diante de uma porta entreaberta, na qual nosso cliente bateu. Uma voz nos mandou entrar e nos vimos numa sala praticamente vazia, como Pycroft havia descrito. O homem que víramos na rua sentava-se à única mesa, com o jornal aberto diante de si. Ele olhou para nós e me espantou sua expressão de pesar – na verdade, algo maior que pesar. Estava aterrorizado como poucos homens ficam. Sua testa estava molhada de suor e as faces brancas como a barriga de um peixe. Os olhos encaravam-nos fixos e assustados. Ele fitou Pycroft como se não o reconhecesse, e percebi, pelo espanto demonstrado por nosso cliente, que essa não era a aparência normal de seu patrão.

– Está parecendo doente, Sr. Pinner – ele exclamou.

– De fato, não estou muito bem – respondeu o outro, fazendo um esforço óbvio para se controlar e passando a língua pelos lábios secos antes de falar. – Quem são esses cavalheiros?

– Este é o Sr. Harris, de Bermondsey, e o outro é o Sr. Price, daqui mesmo – inventou Pycroft. – São amigos meus, experientes, mas desempregados há algum tempo. Querem saber se há alguma vaga na empresa.

– Possivelmente! Muito possivelmente! – exclamou o Sr. Pinner, com um sorriso forçado. – Acredito que poderemos fazer algo por vocês. O que faz, Sr. Harris?

– Sou contador – respondeu Holmes.

– Ah, claro, precisaremos de algo assim. E o Sr. Price?

– Sou escriturário – respondi.

– Acredito mesmo que a empresa poderá empregá-los. Mandaremos notícias assim que chegarmos a uma conclusão. E agora eu lhes peço para irem embora. Pelo amor de Deus, deixem-me sozinho!

As últimas palavras foram gritadas, como se o nervosismo que ele procurava conter finalmente escapara de controle. Eu e Holmes nos entreolhamos. Hall Pycroft deu um passo adiante.

– Esqueceu-se, Sr. Pinner, que estou aqui a seu pedido, para receber instruções?

– Claro, Sr. Pycroft, claro – o outro respondeu num tom mais calmo. – Só peço que espere um momento, e não há por que seus amigos não possam esperar com você. Peço-lhes que tenham a paciência de aguardar três minutos.

Ele se levantou e, fazendo uma reverência para nós, saiu por uma porta nos fundos do escritório, que fechou atrás de si.

– E agora – sussurrou Holmes. – Será que está tentando fugir?

– Impossível – respondeu Pycroft.

– Por quê?

– Aquela porta dá para uma sala interna.

– Sem saída?

– Nenhuma.

– Tem alguma mobília?

– Ontem estava vazia.

– Então o que ele pode estar aprontando? – disse Holmes. – Tem algo que não entendo, nessa história. Se já vi um homem transfigurado pelo terror, esse era Pinner. O que pode tê-lo deixado assim?

– Talvez suspeite que somos detetives – sugeri.

– É isso! – concordou Pycroft.

– Ele não *ficou* pálido – disse Holmes, balançando a cabeça. – Ele já *estava* pálido quando entramos na sala. Será que...

Suas palavras foram interrompidas por batidas fortes vindas da saleta interna.

– Por que diabos ele está batendo na sua própria porta? – exclamou Pycroft.

De novo e mais alto ouvimos as batidas. Ficamos olhando, na expectativa, para a porta fechada. Olhando para Holmes, percebi seu rosto ficar sério e ele, agitado. Então ouvimos um gargarejo abafado e mais batidas na madeira. Holmes atravessou a sala de um pulo e empurrou a porta, que estava trancada. Seguindo seu exemplo, todos nós pulamos com todo nosso peso na porta. Uma dobradiça cedeu, depois outra e a porta veio abaixo. Passando por ela, encontramo-nos na saleta interna.

Estava vazia.

Ficamos desorientados apenas por um instante. No outro canto, próximo à sala onde estávamos, havia outra porta. Holmes abriu-a. No chão havia um paletó e um colete. Num gancho atrás da porta, pendurado pelo pescoço com seus próprios suspensórios, estava o diretor da Franco-Midland Hardware Company. Os joelhos estavam dobrados, a cabeça caída num ângulo assustador. Os calcanhares batiam contra a porta, o que produziu o barulho que interrompeu nossa conversa. Assim que o vi, segurei-o pela cintura e o ergui, enquanto Holmes e

Pycroft desamarravam as tiras elásticas, que haviam sumido entre as dobras pálidas de pele. Então o carregamos para a outra sala, onde o deitamos. Estava mortalmente pálido, com os lábios arroxeados tremendo a cada respiração curta. Eram os restos do homem com quem conversáramos há cinco minutos.

– O que acha, Watson? – perguntou Holmes.

Debrucei-me sobre ele e o examinei. O pulso estava fraco e irregular, mas a respiração melhorava e suas pálpebras tremiam, mostrando um pedaço do olho.

– Ele esteve por um fio – respondi –, mas vai ficar bem. Abra a janela e me dê a garrafa de água.

Abri seu colarinho, joguei água fria em seu rosto e fiquei levantando e abaixando seus braços, até que a respiração se normalizasse.

– Logo ele vai estar bem – eu disse, afastando-me dele.

Holmes permaneceu junto à mesa, com as mãos nos bolsos da calça e o queixo enterrado no peito.

– Acho que precisamos chamar a polícia – ele disse. – Mas gostaria de ter concluído quando eles chegarem.

– É um maldito mistério para mim – exclamou Pycroft, coçando a cabeça. – O que eles queriam, fazendo-me vir até aqui, e depois...

– Ora! Isso está muito claro – disse Holmes, impacientemente. – É esse último ato que não entendo.

– Compreendeu o resto, então?

– Acho que é bastante óbvio. O que me diz, Watson?

Dei de ombros.

– Confesso que não compreendi nada.

– Ora, se refletirmos sobre os eventos, eles só podem apontar para uma conclusão.

– E qual é?

– Bem, toda a coisa se apoia em dois pontos. O primeiro foi fazerem Pycroft escrever uma declaração solicitando sua entrada na empresa fictícia. Não percebem como isso é sugestivo?

– Receio que não.

– Bem, o que eles queriam? Certamente que isso nada tinha a ver com o trabalho, pois declarações desse tipo não são pedidas. Havia uma razão, porém, para que neste caso fosse necessário. Não percebe, meu amigo, que estavam ansiosos para obter uma amostra da sua caligrafia, e não havia outro modo de fazê-lo?

– Para quê?

– Isso mesmo. Para quê? Ao respondermos a essa pergunta, progredimos na elucidação do problema. Para quê? Só pode haver uma razão. Alguém queria aprender a imitar sua escrita, e para tanto

necessitava de uma amostra. Agora, se passarmos para o segundo ponto, veremos que um ilumina o outro. Trata-se do pedido, feito por Pinner, que você não deveria escrever para a Mawson's renunciando ao emprego, mas que deixasse o gerente dessa importante organização aguardando um certo Sr. Hall Pycroft, que eles nunca tinham visto, aparecer no escritório na manhã de segunda-feira.

– Oh, Deus! – exclamou nosso cliente. – Que idiota eu fui!

– Agora já compreendeu o porquê da necessidade de uma amostra da sua caligrafia. Suponha que alguém aparecesse no seu lugar escrevendo com uma letra totalmente diferente daquela que estava na carta solicitando o emprego. É claro que isso complicaria o joguinho deles. Entretanto, nesse meio tempo, o bandido aprendeu a imitá-lo, estando assim seguro, pois, presumo, ninguém no escritório conhecia você pessoalmente.

– Ninguém mesmo – gemeu Hall Pycroft.

– Muito bem. Era da maior importância evitar que você repensasse o assunto e que não tentasse entrar em contato com alguém que pudesse lhe contar sobre seu dublê que estava trabalhando no escritório da Mawson's. Para isso deram-lhe um belo adiantamento de salário e fizeram-no vir até Birmingham, onde lhe deram trabalho o bastante para evitar que voltasse a Londres, onde poderia colocar em perigo os planos deles. Tudo isso está muito evidente.

– Mas por que esse homem fingiu ser seu próprio irmão?

– Ora, isso também é óbvio. Evidentemente, há apenas dois envolvidos nesse golpe. Um deles está representando você, na Mawson's. Este aqui atuou como recrutador. Os dois perceberam que não conseguiriam arrumar um patrão para você sem colocar uma terceira pessoa no esquema. Isso eles não queriam fazer. Então este se disfarçou o melhor que podia, esperando que você creditasse a semelhança entre eles ao fato de serem irmãos. Contudo tivemos sorte, porque se não fosse a obturação de ouro, talvez você nunca suspeitasse de nada.

– Bom Deus! – exclamou Hall Pycroft, balançando os punhos fechados no ar. – Enquanto fui iludido dessa forma, o que o outro Hall Pycroft esteve fazendo na Mawson's? O que devo fazer, Sr. Holmes? Diga-me o que fazer.

– Devemos telegrafar à Mawson's.

– Eles fecham ao meio-dia, aos sábados.

– Por isso, não. Deve haver um porteiro ou guarda...

– Ah, sim. Eles mantêm guardas vinte e quatro horas por dia, devido a ações e títulos que guardam. Lembro-me de ter ouvido falar a respeito, na City.

– Então vamos lhe passar um telegrama, perguntando se está tudo bem e se trabalha, lá, um funcionário com seu nome. Até aqui está tudo esclarecido, só não entendo é por que um dos bandidos, ao nos ver, sai da sala e tenta se enforcar.

– O jornal! – rangeu uma voz atrás de nós. O homem se sentara, branco como um fantasma, a lucidez voltando aos seus olhos. Com as mãos ele massageou o vergão vermelho que lhe circundava a garganta.

– O jornal, é claro! – gritou Holmes, agitadíssimo. – Que idiota eu fui! Pensei tanto em nossa visita que o jornal nem me passou pela cabeça. É claro que a resposta está nele.

Holmes abriu o jornal sobre a mesa e soltou uma exclamação de triunfo.

– Veja isto, Watson! É um jornal de Londres, o *Evening Standard*. Aqui está o que procuramos. Veja as manchetes: "Crime na City. Assassinato na Mawson & Williams. Gigantesca Tentativa de Roubo. Captura do Criminoso". Por favor, Watson, leia para nós. Estamos todos ansiosos para saber o que se passou.

Pelo destaque no jornal, aquele fora o evento mais importante do dia. A reportagem informava o seguinte:

"Uma tentativa desesperada de roubo, que culminou com a morte de um homem e a captura do criminoso,... ocorreu esta tarde na City. Há algum tempo a Mawson & Williams, famosa corretora de valores, tornou-se guardiã de títulos e ações que somam um valor superior a um milhão de libras esterlinas. O diretor da empresa, consciente da responsabilidade com que arcava, em consequência dos grandes interesses envolvidos, adquiriu modernos cofres e empregou uma guarda armada, que mantém um homem vinte e quatro horas por dia dentro da empresa. Aparentemente, um novo funcionário, chamado Hall Pycroft, foi contratado na semana passada. Essa pessoa tratava-se, pelo que se apurou, de ninguém menos que Beddington, famoso falsificador e arrombador que, juntamente com seu irmão, acaba de cumprir pena de cinco anos. De algum modo, ainda não esclarecido, ele conseguiu um emprego na financeira, com nome falso, que utilizou para obter moldes de várias fechaduras e a localização dos cofres.

"É costume, na Mawson's, que os funcionários, aos sábados, saiam ao meio-dia. O Sargento Tuson, da Polícia londrina, ficou surpreso, portanto, ao ver um homem saindo da financeira com uma bolsa às treze e vinte. Como isso levantou suas suspeitas, o sargento seguiu o homem, conseguindo, com a ajuda do policial Pollock, prendê-lo, após desesperada resistência. Imediatamente, ficou claro que um roubo audacioso e gigantesco fora cometido. Ações ao portador de ferrovias americanas, minas e outras empresas, no valor aproximado de cem mil libras, foram encontradas na sacola. Ao se examinar o local do crime, foi encontrado o corpo do guarda dentro de um dos cofres, onde permaneceria até a manhã de segunda-feira se não fosse pela entrada em ação do Sargento Tuson. O crânio do vigia foi esmagado por um bastão, com um golpe dado pelas costas. Acredita-se que Beddington tenha conseguido entrar fingindo que esquecera algo no escritório e, após assassinar o guarda, foi até o cofre maior, de onde retirou as ações. Seu irmão, que normalmente trabalha com ele, não apareceu neste crime, pelo que se sabe até aqui. Contudo a polícia investiga para descobrir seu paradeiro".

– Bem, acho que pouparemos trabalho à polícia – disse Holmes, olhando para o sujeito caído junto à janela. – A natureza humana é estranha, Watson. Veja que até um bandido assassino pode inspirar tal afeto que seu irmão tenta o suicídio quando fica sabendo que o outro enfrentará a forca. Não temos escolha quanto ao que fazer. Eu e o Dr. Watson estaremos ao seu lado, Sr. Pycroft, se fizer a bondade de se apresentar à polícia.

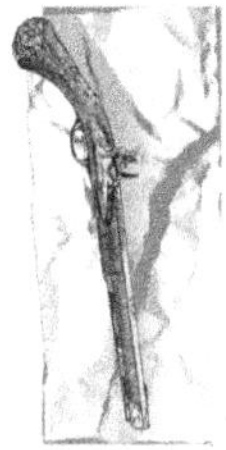

O ENIGMA DO CORONEL HAYTER

Demorou algum tempo até que a saúde de meu amigo, Sherlock Holmes, se recuperasse do desgaste causado por seus imensos esforços na primavera de 1887. A questão da Netherland-Sumatra Company e dos colossais esquemas do Barão Maupertins está ainda muito viva na memória do público, e suas ligações com política e finanças fazem com que não seja adequada para constar na série de casos que tenho descrito. Mesmo assim, ela levou, de modo indireto, a um problema único e bastante complexo, que deu ao meu amigo a oportunidade de demonstrar o valor de uma nova arma, entre tantas que tem empregado em sua vida contra o crime.

Ao consultar minhas anotações, vi que em 14 de abril recebi um telegrama de Lyon, informando-me que Holmes estava doente no Hotel Dulong. Em menos de vinte e quatro horas eu estava a seu lado e tranquilo após constatar que seus sintomas nada tinham de extraordinário. Sua forte constituição, no entanto, sentira o desgaste proporcionado por uma investigação que se estendeu por dois meses, durante os quais ele nunca trabalhou menos que quinze horas por dia. Mais de uma vez, ele me contou, trabalhou por cinco dias seguidos, sem descanso. O triunfo de sua missão, contudo, não conseguiu salvá-lo da reação que seu organismo mostrou após esforço tão terrível. Assim, enquanto a Europa inteira festejava seu nome, e seu apartamento permanecia entupido de telegramas de felicitações, encontrei-o vítima da mais profunda depressão. Não foi suficiente, para tirá-lo daquela prostração nervosa, ele saber que tivera sucesso onde as polícias de três países falharam e que conseguira desmontar todas as manobras do vigarista mais habilidoso do continente.

Três dias depois estávamos de volta à Rua Baker. Era evidente, porém, que meu amigo precisava de novos ares. Pensei que uma semana de primavera no campo faria bem também para mim. O Coronel Hayter, um bom e velho amigo que esteve sob meus cuidados médicos no Afeganistão e que no momento residia em uma casa em Reigate, Surrey, frequentemente me convidava para visitá-lo. Na última oportunidade disse-me que, se Holmes quisesse me acompanhar, ele ficaria feliz em hospedá-lo também. Precisei usar de certa diplomacia para convencer Holmes. Mas ele acabou concordando quando soube que o coronel era solteiro e que teria liberdade total enquanto lá estivesse. Uma semana depois que voltamos de Lyon, portanto, estávamos sob os cuidados do coronel. Hayter era um velho soldado que conhecia muito do mundo. Logo descobriu, como eu esperava, que ele e Holmes tinham muito em comum.

Na noite de nossa chegada fomos para a sala de armas, depois do jantar. Holmes esticou-se no sofá, enquanto Hayter e eu apreciávamos sua coleção de armas de fogo.

– Por falar nisso – ele disse, de repente –, acho que vou levar uma destas pistolas para o quarto, para o caso de termos algum problema.

– Algum problema! – exclamei.

– É, tivemos alguns sustos por aqui, recentemente. O velho Acton, um dos magnatas da região, teve sua casa invadida na última segunda-feira. Não foi nada demais, mas os bandidos continuam à solta.

– Nenhuma pista? – perguntou Holmes, olhando para o coronel.

– Ainda não. O crime foi insignificante, coisa de ladrão de galinhas. Algo muito pequeno para merecer sua atenção, Holmes, ainda mais depois desse grande caso internacional.

Holmes acenou, recusando o cumprimento, mas seu sorriso deixou claro que ficou satisfeito.

– O crime teve algo de interessante? – ele perguntou.

– Acho que não. Os ladrões saquearam a biblioteca e conseguiram muito pouco por tanto trabalho. Botaram o lugar de ponta-cabeça, revirando gavetas e armários. Pegaram um volume de Homero, com tradução de Pope, dois candelabros folheados, um peso de papel de marfim, um pequeno barômetro de carvalho e um rolo de barbante. E só.

– Que roubo estranho! – exclamei.

– Ah, evidentemente os ladrões pegaram o que conseguiram encontrar.

Do sofá, Holmes resmungou qualquer coisa.

– A polícia local deve deduzir algo disso – ele falou. – Ora, é bastante óbvio que...

Eu o interrompi levantando a mão.

– Está aqui para descansar, meu caro. Pelo amor de Deus, não comece outro problema, quando seus nervos ainda estão em frangalhos.

Holmes deu de ombros, lançando um olhar cômico de resignação para o coronel, e a conversa mudou para assuntos menos perigosos.

Quis o destino, contudo, que todo meu cuidado profissional se perdesse, pois na manhã seguinte o problema se colocou diante de nós de tal forma que não podia ser ignorado, e nosso feriado no campo tomou um rumo que nenhum de nós tinha previsto. Tomávamos o café da manhã quando o mordomo do coronel irrompeu na sala quase fora de si.

– O senhor já soube? – ele gaguejou. – Foi no Cunningham, meu senhor!

– Roubo? – exclamou o coronel, ainda com a xícara no ar.

– Assassinato!

O coronel assobiou.

– Por Deus – ele disse. – Quem morreu, então? J. P. ou o filho?

– Nenhum dos dois. Foi William, o cocheiro. Levou um tiro no coração, senhor, e silenciou para sempre.

– Mas quem atirou?

– O ladrão. Fugiu como uma bala e escapou. Estava no terraço quando William o surpreendeu e encontrou a morte defendendo a propriedade do patrão.

– A que horas foi isso?

– Tarde, perto de meia-noite.

– Ah, vamos até lá agora mesmo – disse o coronel, voltando-se novamente à sua refeição. – Isso não vai bem – acrescentou, quando o mordomo saiu. – O velho Cunningham é nosso principal fidalgo e também uma pessoa muito decente. Isso vai abalá-lo bastante, pois William estava com ele há anos e era um bom empregado. Evidentemente, são os mesmos bandidos que invadiram a casa de Acton.

– Que roubaram aqueles objetos singulares? – perguntou Holmes, pensativo.

– Exatamente.

– Hum! Talvez a coisa seja muito simples. De qualquer modo, assim, à primeira vista, trata-se de algo estranho, não acha? Uma quadrilha de ladrões, agindo no interior, normalmente muda de local e não arromba duas casas no mesmo distrito com intervalo de poucos dias. Quando você falou, na noite passada, de tomar precauções, me ocorreu que, provavelmente, esta seria a última comunidade da Inglaterra para a qual o ladrão, ou os ladrões, voltaria sua atenção. Isso mostra o quanto eu ainda tenho de aprender.

– Acho que são criminosos da região – disse o coronel. – Nesse caso, é claro que as casas de Acton e Cunningham seriam suas primeiras escolhas. Elas são, de longe, as maiores por aqui.

– Eles são os mais ricos, também?

– Bem, devem ser. Travaram uma batalha judicial, durante anos, que lhes sugou o sangue. O velho Acton tem uma demanda sobre metade da propriedade de Cunningham, e os advogados se agarraram à disputa com todas as forças.

– Se for um bandido local, não será difícil pegá-lo – disse Holmes, bocejando. – Tudo bem, Watson, não pretendo me intrometer.

– O Inspetor Forrester, meu senhor – anunciou o mordomo, abrindo a porta.

O oficial, um jovem de aparência inteligente, entrou na sala.

– Bom dia, coronel – ele disse. – Espero não estar atrapalhando, mas soube que o Sr. Holmes, de Londres, está aqui.

O coronel apontou meu amigo e o inspetor cumprimentou-o.

– Pensamos que, talvez, gostasse de dar uma olhada nisso, Sr. Holmes.

– O destino está contra você, Watson – Holmes disse, rindo. – Conversávamos sobre o assunto quando chegou, inspetor. Talvez possa nos fornecer os detalhes.

Quando Holmes se recostou, em sua atitude costumeira, eu soube que não adiantava protestar.

– Não tivemos pistas no caso de Acton, mas neste temos muitas e não há dúvida de que se trata da mesma quadrilha. Viram o homem.

– Ah!

– Sim, senhor. Ele desapareceu como um raio, depois de disparar o tiro que matou o pobre William Kirwan. O Sr. Cunningham viu-o pela janela do quarto e o Sr. Alec Cunningham viu-o pelo corredor de trás. Faltavam quinze para a meia-noite quando deram o alarme. O Sr. Cunningham acabara de deitar e o Sr. Alec fumava charuto, já de roupão. Os dois ouviram William, o cocheiro, gritar por ajuda. O Sr. Alec correu escada abaixo para ver do que se tratava. A porta de trás estava aberta e quando ele chegou ao pé da escada viu os dois homens brigando lá fora. Um deles disparou o tiro, o outro caiu e o assassino correu pelo jardim, pulando a cerca. O Sr. Cunningham, olhando pela janela do quarto, viu o assassino quando este chegava à estrada, mas logo perdeu-o de vista. O Sr. Alec parou para ver se conseguia ajudar o ferido, e assim o criminoso conseguiu escapar. Além de ser um homem de tamanho médio, vestindo roupa escura, não conseguimos nenhuma descrição. Contudo estamos nos empenhando nas investigações e, se for um estranho à região, logo o pegaremos.

– O que William estava fazendo ali? Ele disse algo antes de morrer?

– Nem uma palavra. Ele morava na edícula, com a mãe. Como era um empregado muito fiel, imaginamos que foi até a casa para ver se estava tudo bem. Depois desse incidente com o Acton, todos estamos de guarda. O ladrão devia ter acabado de arrombar a porta, pois a fechadura foi forçada, quando William o surpreendeu.

– William disse algo à mãe, antes de sair?

– Ela é muito velha e surda. Não conseguimos nenhuma informação com ela. Agora está em choque, mas ela nunca foi muito esperta. Temos, porém, uma evidência muito importante. Vejam isto!

Ele tirou um pedaço de papel de dentro de seu caderninho e colocou-o sobre a mesa.

– Encontramos entre o polegar e o indicador do morto. Parece o fragmento de uma folha maior. Observem que a hora mencionada é a mesma em que o cocheiro foi morto. O assassino provavelmente arrancou o resto da folha de sua mão ou ele tirou esse fragmento do assassino. Parece que se trata de um encontro.

Holmes pegou o papel, cujo fac-símile reproduzo aqui:

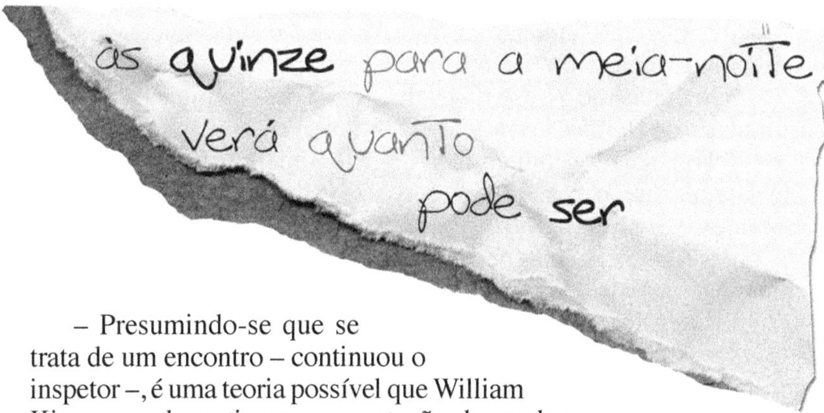

– Presumindo-se que se trata de um encontro – continuou o inspetor –, é uma teoria possível que William Kirwan, embora tivesse a reputação de ser homem honesto, podia estar de acordo com o ladrão. Pode ter se encontrado com ele e até o ajudado a forçar a porta. Depois, por algum motivo, desentenderam-se.

– Esse papel é muito importante – disse Holmes, que o estivera examinando extremamente concentrado. – Trata-se de assunto mais sério do que eu pensava – ele apoiou a cabeça nas mãos, enquanto o inspetor sorria ao observar o efeito que o caso produzia no famoso especialista londrino. – Seu último comentário – disse Holmes, afinal –, sobre a possibilidade de haver um arranjo entre o ladrão e o empregado, é sagaz e totalmente possível. Mas o bilhete começa... – ele novamente apoiou a cabeça nas mãos e permaneceu assim, profundamente concentrado, por alguns minutos. Quando ergueu a cabeça, surpreendi-me ao ver que suas faces estavam coradas e os olhos brilhantes como antes do seu esgotamento nervoso. Ele se pôs de pé com o mesmo entusiasmo de sempre.

– Vou lhe dizer uma coisa: gostaria de dar uma olhada mais de perto nesse caso. Ele tem algo que me fascina. Se me permite, coronel, vou deixar meu amigo Watson com o senhor e irei com o inspetor testar algumas suposições minhas. Estarei de volta em meia hora.

Uma hora e meia se passaram antes que o inspetor voltasse sozinho.

– O Sr. Holmes está andando para cima e para baixo no jardim – ele disse. – Quer que nós todos vamos até a casa com ele.

– Até a casa de Cunningham?

– Sim, senhor.

– Para quê?

O inspetor encolheu os ombros.

– Não sei ao certo. Cá entre nós, acho que o Sr. Holmes ainda não se recuperou totalmente. Está se comportando de modo estranho e está muito agitado.

– Não precisa se assustar – eu disse. – Já descobri que há método na loucura de Holmes.

– Talvez haja loucura no método dele – murmurou o inspetor. – Ele está ansioso para começar, coronel. É melhor irmos logo, se o senhor estiver pronto.

Encontramos Holmes andando para cima e para baixo no jardim, com o queixo enfiado no peito e as mãos nos bolsos da calça.

– O caso fica cada vez mais interessante – ele disse. – Watson, sua viagem ao campo está sendo um sucesso e tanto. Tive uma manhã encantadora.

– Você já viu a cena do crime? – perguntou o coronel.

– Já. Eu e o inspetor fizemos, juntos, o reconhecimento.

– Alguma novidade?

– Bem, vimos coisas muito interessantes. Vou lhes contar o que fizemos enquanto caminhamos. Em primeiro lugar, vimos o corpo do infeliz. Realmente, morreu devido ao disparo, como foi dito.

– Duvidava disso, então?

– Nunca faz mal testar tudo. Nossa inspeção não foi perdida. Depois conversamos com o Sr. Cunningham e seu filho, que souberam indicar o ponto exato onde o assassino pulou a cerca em sua fuga. Isso ajudou muito.

– Naturalmente.

– Então fomos ver a mãe do infeliz. Nada conseguimos dela, contudo, pois está muito velha e fragilizada.

– E qual resultado obteve de suas investigações?

– A convicção de que se trata de um crime muito peculiar. Talvez nossa visita, agora, possa ajudar a esclarecê-lo. Acho que nós dois concordamos, inspetor, que o fragmento de papel, encontrado na mão do morto, trazendo a hora do crime, é extremamente importante.

– Deve nos dar uma pista, Sr. Holmes.

– Ele nos *dá* uma pista. Quem quer que tenha escrito esse bilhete foi o homem que tirou William Kirwan da cama naquela hora. No entanto onde está o resto dele?

– Examinei a cena do crime cuidadosamente na esperança de achá-lo – informou o inspetor.

– Foi arrancado da mão do morto. Por que alguém estava tão ansioso para pegá-lo? Porque o incriminava. E o que ele faria com o restante do bilhete? Provavelmente enfiaria no bolso, sem reparar que parte dele ficara em poder do cadáver. Se conseguirmos o restante, avançaremos bastante na solução do mistério.

– É verdade. Mas como poderemos chegar ao bolso do criminoso sem antes chegar ao criminoso?

– Ora, ora. Vale a pena pensar nisso. Existe outro ponto óbvio. O bilhete foi enviado a William. Quem o escreveu não pode ser quem o pegou. Do contrário, poderia ter dado a mensagem verbalmente. Quem trouxe a carta, então? Ou ela veio pelo correio?

– Eu perguntei – disse o inspetor – e soube que William recebeu uma carta ontem pelo correio da tarde. Ele mesmo destruiu o envelope.

– Excelente! – exclamou Holmes, batendo nas costas do inspetor. – Falou com o carteiro. É um prazer trabalhar com o senhor. Bem, aqui estamos, na edícula. Se quiser me acompanhar, coronel, vou mostrar-lhe a cena do crime.

Passamos pelo chalé onde o morto vivia e andamos pela alameda de carvalhos até a bela casa do tempo da rainha Anne, que indicava sua data de construção numa plaquinha acima da porta. Holmes e o inspetor nos fizeram circundar a casa até chegarmos ao portão lateral, que fica separado do jardim por uma cerca viva paralela à estrada. Um policial estava de guarda junto à porta da cozinha.

– Abra a porta, oficial – disse Holmes. – Foi daquela escada que o jovem Sr. Cunningham viu os dois homens lutando, aqui onde estamos. O velho Sr. Cunningham estava naquela janela, a segunda à esquerda, e viu o assassino fugir pela esquerda daquele arbusto. Foi o mesmo que seu filho viu. Os dois têm certeza disso e têm o arbusto como referência. Então, o Sr. Alec correu e se ajoelhou ao lado do homem baleado. O solo está muito duro, como veem, e não há sinais para nos orientar.

Enquanto ele falava, dois homens vieram andando da casa pelo jardim. Um era mais velho e tinha o rosto todo enrugado. O outro era jovem e extrovertido, cuja expressão sorridente, aliada à sua roupa extravagante, contrastava estranhamente com o fato que nos levara até lá.

– Ainda com isso? – ele perguntou a Holmes. – Eu pensava que vocês londrinos nunca falhassem. O senhor está me parecendo um tanto lerdo, por outro lado.

– Ah! Precisa nos dar um tempinho – disse Holmes, bem-humorado.

– Será mesmo necessário – disse o jovem Alec Cunningham. – Afinal, não vejo que tenhamos qualquer pista.

– Somente uma – respondeu o inspetor. – Pensamos que se fosse possível obter... Meu Deus! O que tem, Sr. Holmes?

O rosto de meu amigo assumiu uma expressão assustadora. Seus olhos viraram, as feições contraíram-se e ele gemeu, caindo de rosto no chão. Assustados pelo ataque repentino e violento, carregamos Holmes para a cozinha, colocando-o numa poltrona, onde ficou respirando pesadamente por alguns minutos. Finalmente, envergonhado por demonstrar sua fraqueza, levantou-se.

– Watson pode lhes contar que ainda estou me recuperando de uma enfermidade séria – ele explicou. – Estou sujeito a esses ataques nervosos repentinos.

– Quer que o mande de volta na minha carruagem? – perguntou o velho Cunningham.

– Bem, já que estou aqui, gostaria de me certificar sobre uma coisa. Podemos verificá-la facilmente.

– O que é?

– Parece-me possível que o pobre William tenha chegado depois, e não antes, de o ladrão invadir a casa. Parece-me que vocês aceitaram simplesmente que, embora tenha arrombado a porta, ele não chegou a entrar na casa.

– Isso me parece muito óbvio – disse o Sr. Cunningham, seriamente. – Ora, meu filho Alec ainda não fora para a cama e teria ouvido se alguém estivesse andando pela casa.

– Onde ele estava?

– Fumando, no meu vestiário – respondeu o jovem Alec.

– Qual é a janela?

– A última, à esquerda. Ao lado do quarto de papai.

– As luminárias estavam acesas?

– Claro.

– Isso é estranho – disse Holmes, sorrindo. – Não é formidável que um ladrão, que já tinha alguma experiência, tenha deliberadamente invadido uma casa quando podia ver, pelas janelas iluminadas, que duas pessoas da casa ainda estavam acordadas?

– Deve ser um homem frio.

– Ora, certamente que se o caso não fosse estranho não teríamos pedido sua colaboração – disse o jovem Alec. – Quanto à sua ideia, no entanto, de que ele tenha roubado a casa antes que William o surpreendesse, ela é absurda. Não teríamos encontrado tudo revirado e dado por falta de alguma coisa?

– Depende do que ele roubou – disse Holmes. – Devem se lembrar de que estão lidando com um ladrão bastante particular, que parece seguir um raciocínio próprio. Vejam, por exemplo, as coisas estranhas que ele roubou na casa de Acton: um rolo de barbante, um peso de papel e não sei mais que esquisitices!

– Bem, estamos nas suas mãos, Sr. Holmes – disse o Sr. Cunningham. – Qualquer coisa que o senhor ou o inspetor sugerirem será feita.

– Em primeiro lugar – disse Holmes –, gostaria que o senhor oferecesse uma recompensa. E paga pelo senhor, pois a polícia pode demorar a concordar com a quantia, e ela sempre demora a fazer essas coisas. Já rascunhei a proposta aqui. O senhor precisa apenas assiná-la. Acho que cinquenta libras são suficientes.

– Daria quinhentas de boa vontade – disse o Sr. Cunningham, pegando o pedaço de papel e a caneta que Holmes lhe entregou. – Contudo isto aqui está errado – ele disse, ao ler o escrito.

– Escrevi apressadamente.

– Veja que o senhor começa: “Aproximadamente às quinze para uma da manhã de terça-feira tentaram...”, e assim por diante. Na verdade, foi às quinze para a meia-noite.

Fiquei consternado com o erro, pois sabia que Holmes ficaria embaraçado por cometer tal engano. Sua especialidade era ser preciso, mas sua doença realmente o abalara e esse incidente me mostrava que ele ainda estava longe de ser o Holmes de sempre. Ele ficou evidentemente sem jeito por um instante, quando o inspetor ergueu as sobrancelhas e o jovem Alec Cunningham irrompeu em risadas. O velho cavalheiro corrigiu o erro e entregou o papel a Holmes.

– Mande publicar o quanto antes – disse. – Acho excelente sua ideia.

Holmes guardou o pedaço de papel cuidadosamente em seu caderno de notas.

– E agora – ele disse – acho que deveríamos todos entrar e verificar se esse estranho ladrão realmente não carregou nada consigo.

Antes de entrar, Holmes examinou a porta que fora forçada. Era evidente que tinham enfiado um formão ou canivete na fechadura. As marcas na madeira, onde a ferramenta foi apoiada, eram evidentes.

– O senhor não usa grades? – ele perguntou.

– Nunca achamos necessário.

– Não tem um cachorro?

– Temos, mas fica acorrentado do outro lado da casa.

– Quando os empregados se recolhem?

– Por volta de dez horas.

– Imagino que William também costumava se deitar nessa hora.

– Isso mesmo.

– É interessante que nessa noite em especial ele estivesse de pé. Agora eu gostaria que o senhor fizesse a gentileza de nos mostrar a casa, Sr. Cunningham.

Um corredor de laje, com a cozinha começando nele, levava, pela escada de madeira, diretamente ao andar superior da casa, chegando a um outro corredor onde terminava uma segunda escada, mais enfeitada, que começava no vestíbulo de entrada. Desse corredor abriam-se uma sala íntima e diversos quartos, entre eles os do Sr. Cunningham e de seu filho. Holmes andava devagar, observando cuidadosamente a arquitetura do local. Eu sabia, por sua expressão, que ele estava quente no rastro. Mesmo assim, não imaginava em que direção suas inferências o levavam.

– Meu bom senhor – disse, com certa impaciência, o Sr. Cunningham –, isso é certamente desnecessário. Aquele é o meu quarto e depois fica o do meu filho. Deixo a seu critério se era possível que o ladrão subisse até aqui sem chamar nossa atenção.

– Acho que deveria fazer meia-volta e tentar achar uma pista nova – disse o filho, com um sorriso irônico.

– Preciso pedir que me aguentem um pouco mais. Preciso verificar, por exemplo, o quanto as janelas dos quartos têm de visão da frente da casa. Este, pelo que compreendi, é o quarto de seu filho – Holmes abriu a porta – e aquele, suponho, é o vestiário onde ele fumava quando o alarme foi dado. Para onde a janela se abre? – ele atravessou o quarto e abriu a porta do vestiário, examinando o novo cômodo.

– Espero que esteja satisfeito agora – disse o Sr. Cunningham de mau humor.

– Obrigado, acho que vi tudo o que precisava.

– Então, se realmente é necessário, vamos para o meu quarto.

– Se não for muito incômodo.

O Sr. Cunningham deu de ombros e nos levou até seus aposentos. Era um quarto comum e mobiliado normalmente. Enquanto o grupo se dirigia à janela, Holmes ficou parado até que nós fôssemos os últimos. Perto do pé da cama havia uma mesinha, sobre a qual estavam uma tigela de laranjas e uma garrafa de água. Ao passarmos por ela, Holmes, para meu espanto, debruçou-se à minha frente e deliberadamente jogou tudo no chão. O vidro se espatifou em milhares de pedaços e as frutas rolaram para todos os cantos do quarto.

– Você aprontou uma boa agora, Watson – ele disse. – Olhe a bagunça que você fez no carpete.

Confuso, abaixei-me e comecei a recolher as frutas, compreendendo que, por alguma razão, meu amigo desejava que eu levasse a culpa. Os outros ajudaram e colocaram a mesa de pé.

– Ora essa! – exclamou o inspetor. – Onde ele foi?

Holmes desaparecera.

– Esperem um instante – disse o jovem Alec Cunningham. – Acho que ele está doente da cabeça. Venha comigo, papai. Vamos ver onde ele se meteu.

Os dois correram para fora do quarto, deixando eu, o coronel e o inspetor olhando um para o outro.

– Estou para concordar com o Sr. Alec – disse o oficial. – Pode ser efeito da doença, mas me parece que...

Suas palavras foram interrompidas por um repentino grito de "Socorro! Socorro! Assassinos!" Com um arrepio, reconheci a voz como sendo de meu amigo. Saí em disparada do quarto para o corredor. Os gritos foram abafados e transformaram-se em exclamações ásperas e vinham do primeiro quarto que visitamos. Entrei nele e depois no vestiário anexo. Os dois Cunninghams estavam debruçados sobre Sherlock Holmes, este prostrado no chão. O filho apertava sua garganta com as duas mãos, enquanto o pai parecia estar lhe torcendo um dos pulsos. Num instante, nós três tiramos os dois de cima de Holmes, que se colocou de pé, muito pálido e exausto.

– Prenda esses homens, inspetor – ele falou.

– Sob que acusação?

– De terem matado o cocheiro, William Kirwan.

O inspetor encarou-o, pasmo.

– Vamos lá, Sr. Holmes – disse, afinal. – O senhor realmente não acha...

– Ora essa, homem. Olhe para eles! – cortou Holmes.

Certamente, nunca antes vi confissão de culpa tão clara estampada em rostos. O mais velho parecia alienado e confuso, com uma expressão desanimada no rosto vincado de rugas. O filho, por outro lado, perdera toda a pomposidade que o caracterizava. Seu olhar brilhava com a ferocidade de uma besta selvagem, o que lhe distorcia as feições antes simpáticas. O inspetor nada disse, apenas foi até a porta e assoprou seu apito. Dois de seus policiais atenderam ao chamado.

– Não tenho outra alternativa, Sr. Cunningham – ele disse. – Acredito que isto vai se mostrar algum engano absurdo, mas veja que... ah, nem tente! – ele disparou um golpe com a mão, fazendo o jovem Alec derrubar o revólver que começava a sacar.

– Guarde-o – disse Holmes, rapidamente pondo o pé sobre a arma. – Será útil no tribunal. Era isto que realmente queríamos – ele mostrou um pedaço de papel amassado.

– O resto da mensagem! – exclamou o inspetor.

– Exatamente.

– Onde estava?

– Onde eu sabia que estava. Já vou lhe explicar tudo. Acredito, coronel, que você e Watson já podem voltar. Estarei com vocês em uma hora, no mais tardar. Eu e o inspetor precisamos trocar uma palavrinha com os prisioneiros, mas, com certeza, estaremos juntos para almoçar.

Sherlock Holmes manteve sua palavra, pois à uma hora da tarde ele estava conosco na sala de estar do coronel. Apareceu acompanhado de um senhor idoso e miúdo, que me foi apresentado como sendo o Sr. Acton, cuja casa fora invadida no primeiro roubo.

– Eu quis que o Sr. Acton estivesse presente durante minha explicação desse pequeno caso a vocês – disse Holmes. – Receio, meu caro coronel, que você se arrependa da hora em que convidou para sua casa um arrumador de confusão como eu.

– Pelo contrário – o coronel respondeu calorosamente –, considero um grande privilégio poder estudar seus métodos de trabalho. Confesso que eles superam minhas expectativas e não consigo imaginar como você chegou à solução. Nem imagino quais pistas o guiaram.

– Receio que minha explicação irá desiludi-lo. É meu hábito não esconder meus métodos, seja de Watson ou de qualquer pessoa que demonstre um interesse genuíno neles. Antes, contudo, confesso que ainda estou abalado pela agressão que sofri naquela casa. Acho que vou me servir de uma dose do seu conhaque, coronel. Minhas forças foram muito exigidas nas últimas semanas.

– Espero que não tenha mais nenhum daqueles ataques nervosos.

Sherlock Holmes riu com gosto.

– Falaremos disso quando for o momento – ele disse. – Vou lhes apresentar o caso preservando a ordem dos fatos e mostrando-lhes os diversos pontos que orientaram minha decisão. Sintam-se à vontade para me interromper se alguma inferência não ficar perfeitamente clara.

"É extremamente importante, na arte da investigação, ser capaz de reconhecer quais fatos são incidentais e quais são essenciais. Do contrário, atenção e energia são dispersadas em vez de concentradas. Quanto a este caso, não tive a menor dúvida, desde o início, de que a chave do mistério estava no papel encontrado na mão do cadáver.

"Antes de chegarmos a isso, gostaria de chamar-lhes a atenção para o fato de que, se o depoimento de Alec Cunningham estava correto, e o criminoso fugira *imediatamente* depois de atirar em William Kirwan, então, obviamente, não podia ser ele quem arrancara o papel da mão do morto. Se não foi o assaltante, porém, tinha de ser o próprio Alec Cunningham, pois, na hora em que seu pai desceu, diversos empregados já estavam no local. Esse é um ponto simples, mas o inspetor o ignorou porque não podia conceber que esses magnatas rurais estivessem relacionados ao crime. Por outro lado, um dos meus princípios é não ter qualquer preconceito e seguir obedientemente para onde os fatos me levam. Assim, logo no primeiro estágio da minha investigação eu já encarava com reservas a atuação do Sr. Alec Cunningham.

"Em seguida, examinei cuidadosamente o pedaço de papel que o inspetor nos mostrou. Logo ficou claro para mim que ele fazia parte de um documento muito importante. Aqui está. Agora vocês veem algo de muito sugestivo nele?"

– É um bocado estranho – disse o coronel.

– Meu caro amigo – exclamou Holmes –, não pode haver a menor dúvida de que ele foi escrito por duas pessoas fazendo palavras alternadas. Quando eu chamar sua atenção para os 't' forte de "meia-noite" e lhe pedir para comparar com o de 'quanto', perceberá isso imediatamente. Uma rápida análise dessas palavras permitirá reconhecer que 'verá' e 'pode' foram escritas pela mão forte e 'quanto' pela mão fraca.

– Por Deus, é claro como o dia! – exclamou o coronel. – Mas por que dois homens escreveriam uma carta dessa forma?

– Obviamente, o negócio era sujo, e os dois, que não confiavam um no outro, queriam, acontecesse o que fosse, estar igualmente envolvidos. Está claro, por outro lado, que quem escreveu "meia-noite" era o cabeça.

– Como chegou a essa conclusão?

– Podemos deduzir isso simplesmente comparando o caráter de uma escrita com a outra. Contudo, temos razões mais palpáveis. Se examinar esse pedaço de papel, verá que o homem de letra mais forte escreveu primeiro, deixando lacunas para o outro preencher. Nem sempre as lacunas foram suficientes. Veja que o segundo teve de espremer "para" entre "quinze" e "meia-noite", mostrando que essas palavras já estavam escritas. O homem que escreveu primeiro foi, sem dúvida, quem planejou o crime.

– Excelente! – exclamou o Sr. Acton.

– Mas muito superficial – disse Holmes. – Contudo isso nos traz a um ponto realmente importante. Talvez vocês não saibam que peritos podem, normalmente, deduzir a idade de um homem, por meio de sua escrita, com bastante precisão. Digo "normalmente" porque doenças e outros problemas físicos podem "envelhecer" a escrita mesmo quando a pessoa é jovem. Neste caso, observando a escrita firme e forte de um e a aparência hesitante da outra, que ainda mantém sua legibilidade, embora comece a perder suas características, podemos dizer que um era jovem e o outro, idoso, sem ser decrépito.

– Excelente! – exclamou novamente o Sr. Acton.

– Contudo existe outro ponto, ainda mais sutil e interessante. Existe algo em comum entre essas mãos. Seus donos são parentes consanguíneos. Os "es" deixam isso bem claro para vocês, mas muitos detalhes menores me dizem a mesma coisa. Não tenho dúvida de que podemos encontrar um maneirismo familiar nessas duas amostras de escrita. É claro que apenas estou lhes dando os principais resultados do exame que fiz do papel. Há outras vinte e três deduções que interessariam mais a peritos do que a vocês. Todas elas, entretanto, ajudaram a me convencer que os Cunninghams, pai e filho, escreveram esta carta.

"Tendo chegado até aqui, meu próximo passo era, é claro, examinar os detalhes do crime e verificar como poderiam nos ajudar. Fui até a casa com o inspetor e vi tudo o que precisava. O ferimento no cadáver fora produzido, como pude perceber com absoluta certeza, pelo disparo de um revólver a uma distância de uns quatro metros. A roupa não apresentava nenhum escurecimento devido à pólvora. Portanto, ficou evidente que Alec Cunningham mentira ao dizer que os dois homens brigavam quando o tiro foi disparado. Tanto pai como filho concordaram sobre o local onde o criminoso teria fugido para a estrada. Acontece que naquele lugar há uma fossa larga, com lama no fundo. Como não havia indícios de pegadas ao redor da fossa, convenci-me de que os Cunninghams não apenas mentiam novamente, mas que nunca houvera qualquer outro homem envolvido no crime.

"Então eu precisava ponderar sobre o motivo desse crime singular. Para chegar a isso primeiro procurei entender o motivo do roubo na casa do Sr. Acton. Eu já sabia, por algo que o coronel comentara, que havia um processo envolvendo o Sr. Acton e os Cunninghams. Instantaneamente me ocorreu que eles invadiram sua biblioteca com a intenção de encontrar algum documento que pudesse ser importante no processo.

– É isso mesmo – disse o Sr. Acton –, não há dúvida quanto às intenções deles. Tenho legítimos direitos à metade da propriedade deles e, se tivessem encontrado um certo documento (que, felizmente, está no cofre do meu advogado), teriam invalidado nossa ação.

– Aí está! – disse Holmes, sorrindo. – Foi uma ação perigosa, ousada, na qual enxergo a influência do jovem Alec. Como não encontraram o que buscavam, tentaram desviar a atenção procurando fazer parecer um roubo comum. Assim, levaram as primeiras coisas que viram pela frente. Isso estava claro, mas era necessário resolver outras dúvidas. O que eu mais queria era recuperar o restante do bilhete. Tinha certeza de que Alec o arrancara da mão do morto e quase tão certo que o colocara no bolso de seu roupão. Onde mais poderia ter colocado? Só restava saber se ainda estava lá. Valia a pena tentar descobrir e por isso todos nós entramos na casa.

"Os Cunninghams nos receberam, como se lembram, junto à porta da cozinha. Era muito importante que eles não fossem lembrados da existência desse papel pois, do contrário, destruiriam o restante sem demora. O inspetor estava para contar a eles sobre a importância que dávamos a esse papel quando tive a sorte de ter um ataque nervoso e mudar o rumo da conversa.

– Bom Deus! – exclamou, rindo, o coronel. – Quer dizer que nos preocupamos à toa e que seu ataque era fingimento?

– Minha opinião profissional é que foi muito bem imitado – eu disse, olhando admirado para aquele homem que estava sempre me surpreendendo.

– Trata-se de uma arte sempre útil – disse Holmes. – Quando me "recuperei", fiz com que o velho Cunningham, usando um expediente que acredito engenhoso, escrevesse 'meia-noite', de modo que eu pudesse comparar com a 'meia-noite' no outro papel.

– Oh, como fui bobo! – eu disse.

– Percebi que estava com pena da minha fraqueza – disse Holmes, rindo. – Senti ter de fazê-lo passar por isso. Então fomos para o andar superior e, tendo entrado no quarto e visto o roupão pendurado atrás da porta, desviei-lhe a atenção derrubando aquela mesinha e escapei para examinar os bolsos do roupão. No entanto mal tinha pegado o papel, que realmente estava num dos bolsos, quando os dois Cunninghams pularam em cima de mim. Acredito que teriam me matado se vocês não tivessem chegado logo, pois até agora sinto o aperto do jovem Alec na garganta, enquanto o pai torcia meu pulso para me fazer soltar o papel. Eles perceberam que eu sabia de tudo e entraram em total desespero.

"Depois, conversei brevemente com o velho Cunningham sobre o motivo do crime. Embora o jovem Alec estivesse enraivecido, pronto a estourar os miolos de alguém, se pudesse pôr as mãos num revólver, seu pai estava mais tratável. Quando o Sr. Cunningham percebeu que as evidências contra ele eram tão fortes, desanimou totalmente e contou tudo. Parece que William seguira secretamente seus patrões na noite em que invadiram a casa do Sr. Acton e, tendo-os sob seu poder, começou a chantageá-los. Alec, contudo, é um homem muito perigoso para se fazer esse tipo de jogo com ele, que viu na histeria que tomava conta da região, devido ao primeiro roubo, uma oportunidade para se livrar do homem que os ameaçava. William foi atraído e morto. Se os dois tivessem recuperado o bilhete inteiro e prestado mais atenção aos detalhes, possivelmente nunca teria suspeitado deles."

– E o bilhete? – perguntei.

Sherlock Holmes juntou os dois pedaços de papel à nossa frente:

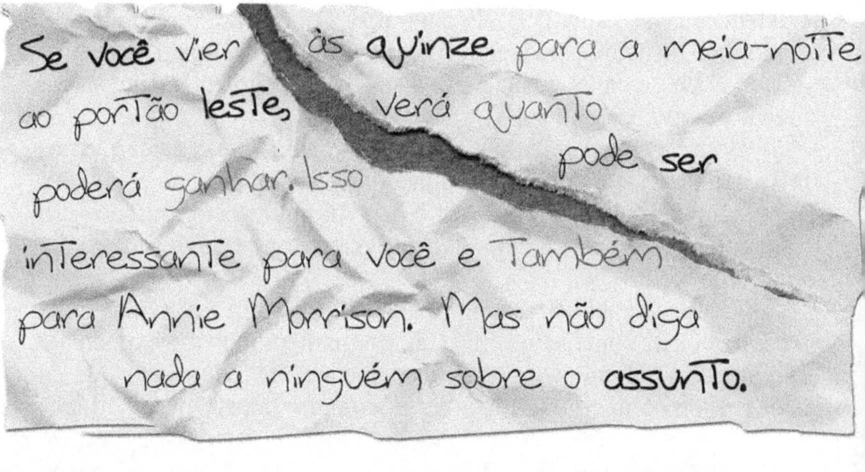

– Era mais ou menos o que eu esperava – disse Holmes. – Contudo não sabemos quais as relações entre Alec Cunningham, William Kirwan e Annie Morrison. O resultado mostra que a armadilha foi muito bem armada. Estou certo de que os senhores não podem deixar de se deleitarem com os traços de hereditariedade mostrados nos "Pês" e nos "Gês". A ausência de pingos nos "is" é o mais característico. Watson, acho que nosso descanso tranquilo no campo foi um sucesso. Com certeza amanhã voltarei revigorado à Rua Baker.